FLC

Un cheval pour la vie

• SIX HISTOIRES DE CHEVAL •

Éditions Fleurus, 15/27, rue Moussorgski - 75018 Paris

COLLECTION DIRIGÉE PAR Christophe Savouré
ET ANIMÉE PAR Emmanuel Viau

DIRECTION ARTISTIQUE : Danielle Capellazzi
ÉDITION : Laetitia Hérault

© 2003 Groupe Fleurus
2ᵉ édition
Dépôt légal : octobre 2003
ISBN : 2-215-05214-7

Sommaire

Un cheval pour la vie

de Didier Langlois
illustré par Emmanuel Cerisier

Cette histoire est si fabuleuse qu'elle aurait très bien pu figurer dans un recueil de contes. Elle est même miraculeuse. Pourtant ce qui s'y passe a réellement eu lieu.

Nous sommes dans un petit village entre Saint-Pétersbourg et le lac Ladoga dans le nord-ouest de la Russie, tout près de la Neva. Les Ostrapov, une famille connue et très respectée dans le pays, possèdent certainement l'un des plus beaux haras qui puissent exister au monde. Le génie de leurs ancêtres a été de repérer et d'acheter, au début du XVIIIe siècle, des pur-sang arabes dont personne en

Europe ne voulait – ce n'était pas à la mode ! –, et d'en faire l'élevage. Le haras Ostrapov eut ainsi l'honneur d'accueillir des descendants directs de *Byerley Turk*, *Godolphin Arabian* et *Darley Arabian*[1]. Génération après génération, les Ostrapov surent préserver et enrichir ce magnifique patrimoine, tant et si bien que si vous voyez, un jour, courir un superbe pur-sang en Angleterre, aux États-Unis, en Argentine ou ailleurs, vous pouvez être certain qu'il porte le sang d'un de ces trois petits chevaux d'Orient.

Yvan et Natacha Ostrapov étaient maintenant les heureux propriétaires de ce haras renommé, et rien ne semblait venir troubler leur bonheur. Bourka, leur fille unique, allait avoir dix ans, et c'est peu dire qu'elle aimait passionnément les chevaux : à peine avait-elle commencé à marcher qu'elle cavalait déjà avec son père sur les plus belles bêtes du haras. Elle était fine cavalière et possédait de réels dons pour le dressage, arrivant toujours à ses fins, même avec le plus récalcitrant des étalons.

Ce qu'elle voulait par-dessus tout, c'était avoir son cheval à elle, un cheval de robe blanche. « Sûrement pas avant tes dix ans ! » avait prévenu son père. Son anniversaire approchait à grands pas et Bourka espérait secrètement que son rêve se

---

1. Nom des trois étalons orientaux qui arrivèrent en Angleterre entre 1675 et 1730, et qui furent les fondateurs d'une nouvelle race : le pur-sang anglais.

réaliserait. Alors, depuis plusieurs mois, elle essayait de repérer les moindres indices susceptibles de la renseigner sur le cadeau que ses parents allaient lui offrir. Mais elle ne voyait rien… Elle en était maintenant persuadée, elle n'aurait pas son cheval cette année.

Le jour de son anniversaire arriva enfin. C'était un magnifique samedi. Les arbres, couverts de neige, découpaient leur cime sur le ciel bleu dur du matin.

– Joyeux anniversaire, ma chérie, lui murmura sa maman à l'oreille. Il faut te lever.

Bourka s'étira, enlaça sa mère et la déséquilibra afin qu'elle vienne tout près d'elle pour lui faire des tas de câlins.

– Dix ans déjà ! Qu'est-ce que tu grandis vite…

– Oui, répondit-elle en la regardant un peu tristement.

– Eh bien, ma belle, tu en fais une tête ! Tu n'es pas contente ?

– Si, si, maman, bien sûr que je suis contente.

Et à nouveau elles échangèrent de nombreuses caresses.

Comme tous les matins sans exception, Bourka alla rendre visite aux chevaux. Elle en profitait les week-ends car elle avait tout son temps. Souvent même, elle se rendait dans le grand manège couvert et montait Ponomarev, son préféré. Mais aujourd'hui, c'était son anniversaire et il fallait qu'elle aide sa maman à préparer la table. Il était déjà tard.

— Où est papa ? demanda-t-elle.

— Il est allé chez les Karpov. Ils l'ont appelé tôt ce matin, ils ont un problème avec une jument.

— J'espère qu'il va rentrer avant le dessert ! reprit Bourka, un peu fâchée.

Elle savait que lorsque son père se rendait chez les voisins, qui habitaient tout de même à une demi-heure de voiture, il « oubliait » facilement de regarder sa montre.

Natacha avait invité sa sœur Svetlana avec sa fille Natalya, âgée de douze ans, à passer le week-end au haras. Quand elles arrivèrent, ce fut une vraie fête, car elles habitaient Moscou et n'avaient pas souvent l'occasion de venir à Saint-Pétersbourg. Pour Bourka, leur visite était toujours un grand événement.

Avant le repas, les deux filles décidèrent d'aller faire une promenade à cheval.

— Dis, maman, je peux montrer la Neva gelée à Natalya ? Nous n'irons pas sur la glace.

Natacha regarda par la fenêtre. Le temps était radieux. Elle fit promettre à Bourka de revenir avant midi et de ne pas s'aventurer sur le fleuve, on ne savait jamais…

Les jeunes filles rejoignirent la forêt au grand galop dans une vingtaine de centimètres de poudreuse. C'était un régal ! Tous les bruits étaient amortis par l'épais manteau neigeux qui, au passage des chevaux, volait en une myriade de paillettes argentées. Elles ralentirent à l'orée du bois.

— C'est merveilleux ! s'enthousiasma Bourka.

– J'attendais ce moment-là avec impatience, avoua Natalya. Ça me change tellement de la ville ! Comme tu as de la chance !

Bourka savait qu'elle avait de la chance. Elle avait tout pour être heureuse, et elle l'était vraiment. Elle s'en voulait un peu maintenant d'avoir pu penser que ses parents devaient lui offrir un cheval pour ses dix ans. Elle se trouvait bien capricieuse !

La forêt devenant dense, Bourka mit son cheval au pas car, même si Natalya était également excellente cavalière, elle ne connaissait pas le chemin. Les deux cousines profitèrent ainsi pleinement de la balade, tout en se rappelant les souvenirs de leur dernière rencontre.

Elles arrivèrent enfin sur les bords de la Neva. À la vue de l'immensité froide, Ponomarev se cabra, et Bourka manqua de tomber.

Le fleuve était d'une beauté absolue, presque coupable. Uniformément recouvert d'un drap blanc, linceul d'hiver, il s'étendait à perte de vue pour se fondre dans l'horizon. On aurait dit que tout était figé pour l'éternité, que l'ombre des grands arbres tardait à se réchauffer et que même le silence était pris dans la glace. Mais les cristaux, lentement, multipliaient les variations colorées et il n'était pas rare qu'apparaisse soudain, sous un léger reflet bleuté, le pelage d'un rongeur pressé. Alors, comme par enchantement, la glace se mettait à chanter, les ombres couraient et la vie doucement se libérait. Au loin, tout au loin, on apercevait des silhouettes embusquées qui, tout à coup, se mettaient à bouger essayant d'attraper au vol une forme oblongue qui gigotait.

— Non, Bourka ! cria Natalya. Ta mère t'a interdit d'aller plus loin.

Le cheval renâclait, comme s'il avait lui aussi entendu l'injonction de Natacha.

— C'est bon, c'est bon ! Calme-toi, Ponomarev. Tout doux mon cheval, tout doux.

Puis se retournant vers sa cousine, Bourka s'exclama :

— C'est tellement beau ! Un vrai poème…

— Mais ça peut être très dangereux !

Les deux cousines profitèrent encore un moment de ce petit paradis puis, à cause du froid et de l'heure qui avançait, elles rebroussèrent chemin.

À l'entrée du haras, Bourka fut surprise de voir le 4 × 4 de son père, il était déjà là ! Il avait fait plus vite que ce qu'elle pensait, tant mieux !

— Allez, on rentre les chevaux aux écuries et on va déjeuner. J'ai une faim de loup, lança-t-elle.

— Cette promenade m'a ouvert l'appétit à moi aussi, avoua Natalya.

Elles dessellèrent les chevaux, les brossèrent et remplirent les mangeoires avant de s'engouffrer dans le hall d'entrée.

L'odeur du *chtchi*[2] embaumait la maison. La

---

2. Soupe nationale au chou.

mère de Bourka l'avait laissé mijoter toute la journée du vendredi, elle savait que sa fille en raffolait. Ils se mirent à table.

– Comment va la jument des Karpov ? demanda Bourka.

Craignant que son mari ne comprenne pas cette question, car ils avaient oublié de se mettre d'accord sur le motif de son absence, Natacha devança sa réponse en lui jetant un coup d'œil discret :

– Ce n'était pas grave, n'est-ce pas chéri ?

– Euh… non, rien de grave finalement. Ils avaient peur qu'un de leurs chevaux soit atteint de cornage parce qu'il avait sifflé toute la nuit.

– Les filles, débarrassez les assiettes, moi j'apporte le *vatrouchka*[3], demanda Natacha.

Svetlana allait se lever.

– Toi, tu ne bouges surtout pas, continua-t-elle en lui mettant la main sur l'épaule. Tu ne vas pas laisser mon homme tout seul. Tel que je le connais, il serait capable de finir la bouteille de vodka avant que nous ne soyons revenues !

Ils dégustèrent le dessert en souhaitant un bel anniversaire à Bourka qui était impatiente de voir ses cadeaux. Ils ne tardèrent donc pas à les lui offrir.

Il y avait tout pour le cheval, mais il n'y avait pas de cheval… Même si Bourka ne le montrait pas,

---

3. Tarte au fromage blanc et au citron.

elle était un peu déçue. Elle était en train d'embrasser toute sa petite famille, quand elle entendit un hennissement étrange. Elle fronça légèrement les sourcils et interrogea son père du regard. Le son se reproduisit. Yvan prit alors la parole :

— C'est curieux, aucun de nos chevaux ne hennit de la sorte. C'est un poulain, à n'en pas douter, et nous n'avons pas de poulain en ce moment, n'est-ce pas ? Tu pourrais aller voir, Bourka ? dit-il d'un air faussement inquiet.

Son cœur commençait à battre la chamade, ses jambes à flageoler. Ce n'était pas possible... Elle se dirigea vers l'entrée. Son corps percevait une présence. Elle entendit le piaffement de l'animal sur les pavés, puis le frémissement de ses naseaux. Il était là, c'était sûr, juste derrière la porte. Sa main tremblait. Elle se retourna : son père lui faisait signe d'avancer.

Quand elle ouvrit la porte, elle crut rêver : un jeune poulain de robe blanche lui faisait face, tenu par Vladimir, le lad. Des larmes coulèrent sur les joues de Bourka. Elle regarda ses parents et, la voix remplie d'émotion, leur demanda :

— Il est à moi ? Vraiment à moi ?

Natacha et Yvan, aussi émus qu'elle, lui répondirent par un sourire. Elle leur sauta au cou et les couvrit de baisers. Puis, du haut de ses dix ans, elle s'approcha du poulain qui la dépassait de deux têtes et lui caressa le front.

— On peut dire que je t'ai attendu, Sivka, lui murmura-t-elle au creux de l'oreille.

Elle avait prononcé le nom qu'elle avait choisi de lui donner depuis longtemps. Elle le prit par l'encolure et l'animal, qui était un peu nerveux, se calma aussitôt. Elle lui caressa le front puis, relevant le toupet blond qui lui recouvrait une partie des yeux, découvrit une marque blanche.

– Papa, viens voir. Il a l'étoile sur le front !

Son père s'approcha et feignit l'étonnement :

– Décidément, il est non seulement magnifique, mais aussi très rare ! J'ai bien choisi, n'est-ce pas ?

– Oh, papa, comme je suis heureuse !

Durant tout l'hiver, Bourka choya son cheval. Elle le montait tous les jours, et bientôt une grande complicité s'instaura entre eux. Elle lui déclamait des contes folkloriques qui commençaient toujours par : « Il était une fois une vieille qui avait un fils nigaud. Un jour… », ou bien elle récitait des poèmes russes. Curieusement, Sivka se mettait à piaffer quand, pour une raison ou pour une autre, elle ne les terminait pas. Il n'y avait pas de doute : il comprenait. Le printemps et l'été se déroulèrent ensuite en longues balades dans les forêts, le long des rives de la Neva. Il leur arriva même de pousser jusqu'au lac Ladoga.

Une année s'écoula ainsi. Sivka avait beaucoup grandi et était devenu un magnifique pur-sang. Mais un jour, au retour d'une promenade, l'animal manifesta un comportement étrange qui inquiéta Bourka. Yvan l'examina et fut incapable de porter un quelconque diagnostic. L'ami vétérinaire qu'ils firent venir resta un long moment perplexe. Il ausculta les pupilles de Sivka, se gratta la barbe avec contentement et conclut :

— Ne vous inquiétez pas, rien de très grave.

Bourka poussa un soupir de soulagement.

— Il s'agit d'une très légère altération de la cornée. C'est très rare, et j'avoue que j'ai bien failli passer à côté. On ne peut pas dire que ce soit vraiment gênant. Dans certaines conditions cependant, cela entraîne des déformations de la vision, une espèce de dédoublement si vous voulez, qui non seulement occasionne des incartades, mais peut aussi effrayer le cheval.

— Et ça s'opère ? demanda Yvan.

— Pas franchement. Ça se fait, mais on prend beaucoup de risques en opérant.

— Tant pis, rétorqua Yvan. Il faut prendre ce risque. Ce cheval est un pur-sang de grande qualité promis aux plus hautes marches du podium. C'est ce que tu voulais, Bourka, non ?

— Il est hors de question de l'opérer ! s'écria alors la fillette. Pour les compétitions, je m'en fiche, je m'entends parfaitement avec Ponomarev.

— On fera comme tu voudras, ma chérie, répondit sa mère.

Bourka ne pouvait tout de même pas cacher une certaine tristesse. Elle aurait aimé partager avec Sivka les moments difficiles et exaltants de la compétition, mais c'était ainsi : il n'était pas fait pour ça. Yvan passa tendrement son bras autour du cou de sa fille. Ils remercièrent leur ami et regagnèrent leur maison.

Le mois d'octobre était arrivé. Depuis quelques jours, la température avoisinait les 0 °C et l'on sentait bien l'hiver approcher. Mais, un jour, le temps changea brusquement et, en un peu moins de quatre heures, la température chuta pour atteindre les – 25 °C. Ce fut le branle-bas de combat chez les Ostrapov qui devaient protéger rapidement tous les chevaux du haras.

Cependant, le danger immédiat ne venait pas du froid…

Vers une heure du matin, en effet, Bourka entendit le hennissement des bêtes et le martèlement des sabots contre les boxes. Lorsqu'elle se leva, elle vit son père se précipiter vers la porte d'entrée. Sa mère le suivait.

– Que se passe-t-il ? s'écria Bourka, terrorisée.

Ne recevant aucune réponse, elle courut les retrouver et, lorsque son père ouvrit la porte, ce fut la stupeur.

– Mon Dieu ! s'exclamèrent-ils tous les trois en même temps.

Le manège était en feu, et les flammes menaçaient les écuries. Il n'y avait pas une minute à perdre.

– Appelez les pompiers, je vais libérer les chevaux ! hurla Yvan.

Et il partit en courant à perdre haleine.

Quand Bourka et sa mère le rejoignirent après

avoir prévenu les secours, la frayeur des chevaux prisonniers était à son paroxysme. Les flammes progressaient rapidement, projetant devant elles leur souffle brûlant. Bourka entendait le crépitement assourdissant de ce gigantesque brasier qui se mêlait aux piétinements et aux hurlements fous des bêtes.

Yvan tremblait et avait du mal à ouvrir la large porte de l'écurie. Quand enfin il y parvint, il eut le réflexe de se dégager pour laisser passer la horde en furie. Bourka s'arrêta net, elle était trop loin pour être en danger, mais suffisamment proche pour voir passer, impuissante, Sivka à côté de Ponomarev. Moins d'une minute plus tard, les écuries étaient en proie aux flammes, tandis que les éclats bleus des gyrophares se reflétaient dans la neige épaisse et que la sirène fendait l'air glacial. Yvan était abasourdi et entendait à peine les injonctions des pompiers. Soudain, il reprit conscience.

– Mon Dieu, la Neva ! Il ne faut pas qu'ils aillent vers la Neva !

Il était devenu comme fou, ne se préoccupant plus du feu qui ravageait plus d'un siècle d'histoire des Ostrapov. Natacha et Bourka le virent se précipiter vers son 4 × 4 et partir en trombe. La jeune fille ne comprenait pas le brusque affolement de son père : les chevaux étaient sauvés !

– Ne restez pas là ! leur ordonna un des pompiers. Ne vous inquiétez pas, nous maîtrisons la situation, mais on ne sait jamais.

Bourka tremblait, Natacha était terrifiée. Elle fixait les deux points rouges du véhicule d'Yvan qui faiblissaient lentement, avant de disparaître complètement au premier virage. Elle ne comprenait pas. Où pouvait-il bien aller ? Un pompier en face d'elle gesticulait, elle le voyait articuler des phrases qu'elle n'entendait pas.

— Madame ! MADAME !

Il la secoua énergiquement.

— Maman, maman ! criait Bourka.

Natacha sortit de sa torpeur.

— Madame, il ne faut pas rester là.

Alors Natacha reprit ses esprits et, prenant sa fille par la main, rentra.

Yvan roulait à vive allure sur la petite route enneigée qui menait au fleuve et, même si la voiture était bien équipée, elle fit plusieurs embardées. Il savait que les chevaux, fous de terreur, étaient capables de se jeter à l'eau. Il fallait absolument que, d'une manière ou d'une autre, il empêche cela. Des visions de cauchemar lui traversaient l'esprit ; il était épouvanté. Il dut arrêter le véhicule à cent mètres de la berge. Il sortit alors de la boîte à gants une lampe de poche et continua à pied.

Le silence, total, renforçait le sentiment que le drame s'était déjà produit. Il avança dans l'obscurité des grands sapins, guidé simplement par le faisceau lumineux de sa torche. À l'approche du fleuve, les arbres se dispersaient, tandis qu'au loin la pleine lune apparaissait. Il ne lui restait que quelques mètres à parcourir avant de découvrir ce qu'il redoutait.

– Oh non, c'est affreux ! s'écria-t-il.

Le fleuve était gelé. Au loin, sous les rayons obliques de la lune, Yvan devinait des formes ébouriffées, sortes de roches aux crêtes saillantes qui transperçaient leur écrin de glace. Il ne pouvait le croire ! Il progressa lentement, comme pour retarder le terrifiant face-à-face mais, à chacun de ses pas, la terrible réalité s'imposait davantage.

N'ayant plus la force de continuer, il s'agenouilla et plongea son visage dans le creux de ses mains :

– Mon Dieu ! Mon Dieu ! répétait-il en pleurant.

Les chevaux du haras étaient pris dans les glaces, statufiés dans des positions qui témoignaient de la violence extrême du choc thermique. Les crinières se déployaient en dentelles de verre dont les pointes acérées se découpaient sur le ciel. La belle Neva s'était transformée en un immense sépulcre figeant à jamais ces magnifiques pur-sang.

Yvan n'entendit même pas l'équipe de pompiers qui l'avait rejoint après avoir maîtrisé l'incendie.

Aucune bête ne s'en était sortie. On ne retrouva pas Sivka qui avait dû se noyer avec quelques autres. Bourka ne put faire son deuil : elle était persuadée que son cheval était encore en vie. Son père lui affirma que c'était impossible. Il lui expliqua également comment la catastrophe avait pu se produire. Bourka ne pouvait pas comprendre que le fleuve dont elle était follement amoureuse se soit refermé ainsi sur ses chevaux et qu'il ait englouti son « étoile blanche ». Mais ce qu'elle acceptait le moins, c'était qu'on lui dise que le drame était prévisible, que c'était un phénomène physique normal dû à la chute brutale de température : l'eau était en surfusion[4]. Ainsi, dès que les corps étaient entrés en contact avec l'élément liquide, le fleuve s'était gelé instantanément.

On ne sut jamais si l'incendie avait été d'origine criminelle ou accidentelle. La famille Ostrapov eut beaucoup de mal à s'en remettre et Bourka vécut les années qui suivirent dans l'espoir insensé de retrouver Sivka.

Sept ans plus tard, à force de travail, le couple Ostrapov avait fini par reconstruire le haras et l'on pouvait à nouveau, dans leur magnifique propriété, côtoyer les plus beaux pur-sang de Russie. Bourka était maintenant âgée de dix-huit ans. Durant ces sept années, elle avait multiplié les concours. Elle était connue dans la région pour avoir gagné de nombreuses compétitions, et bientôt elle le serait certainement dans tout le pays, car elle devait participer à l'une des plus importantes rencontres internationales, à Chantilly, berceau français du cheval.

Très excitée, Bourka s'y rendit avec ses parents.

---

4. C'est-à-dire que l'eau reste liquide alors que sa température est inférieure à 0 °C, température à laquelle elle gèle normalement.

Elle sentait qu'elle allait vivre un grand moment. Si elle remportait la victoire, elle dédierait son titre à Sivka : elle savait aujourd'hui qu'elle ne le reverrait sans doute plus.

Le concours comprenait trois phases : le dressage, le saut d'obstacles et le steeple. Bourka remporta la première épreuve haut la main. Un peu moins à l'aise dans le saut d'obstacles, elle ne finit que deuxième, derrière une jeune prodige française. Le steeple serait sans doute décisif. Yvan profita des deux jours qui les séparaient de la dernière épreuve pour conseiller sa fille et surtout pour la rassurer. En effet, la Française, vraiment impressionnante, inquiétait Bourka qui n'était plus sûre de sa victoire. Elle commençait à se morfondre et ce n'était pas bon.

La veille de la compétition, alors que Bourka venait de se coucher, son père vint s'asseoir auprès d'elle, un petit livre à la main. Il l'ouvrit et lut : « Il était une fois une vieille qui avait un fils nigaud. Un jour… » Bourka lui sourit, ferma les yeux et, tranquillisée, s'endormit en rêvant de Sivka.

Elle se réveilla tôt le lendemain, en pleine forme. Quand elle vit son père, elle lui sauta au cou en lui chuchotant dans le creux de l'oreille :

– Merci.

En fin de matinée, les concurrents prirent connaissance du parcours. Puis, vers quatorze heures, le départ fut donné. Très rapidement Bourka se plaça en tête, suivie de près par sa concurrente directe. Elle se sentait pousser des ailes et, au bout d'un quart d'heure de course, elle devançait largement tous les cavaliers.

La jeune Française semblait bien loin et la victoire était à portée de main lorsque Bourka entendit, porté par le souffle du vent, un hennissement qu'elle crut reconnaître. Ce n'était pas possible ! L'image de Sivka s'imposa à son esprit. Sans doute était-ce le fruit de son imagination ? Elle se concentra sur son parcours mais, à nouveau, le même hennissement lui parvint. Il n'y avait plus aucun doute maintenant. Elle réduisit aussitôt l'allure de son cheval. Sous le regard ahuri de la cavalière française qui l'avait rattrapée, elle obliqua en direction d'une ferme qui se trouvait à moins de deux cents mètres et s'y rendit au grand galop.

Bourka ne prit même pas le temps de réfléchir une seconde aux conséquences de son acte. Tant d'années passées à s'entraîner, à sacrifier sa vie d'adolescente pour réussir à être la meilleure, puis brusquement, en l'espace d'une seconde, tout abandonner !

Elle rejoignit rapidement la ferme. Avant même que son cheval ne se soit arrêté, elle avait mis pied à terre et courait vers l'écurie d'où les plaintes sortaient. En fait d'écurie, le lieu ressemblait plutôt à une grange immonde où se côtoyaient des porcs, des animaux de basse-cour qui pataugeaient dans une fange épaisse et pestilentielle. Les bottes bien cirées de Bourka s'y enfoncèrent, libérant une odeur insupportable qui faillit la faire vomir. Comment pouvait-on laisser vivre des animaux dans de telles conditions ? Les hennissements se faisaient toujours plus insistants...

Bourka, qui commençait à trembler de tout son long, fit encore quelques pas et aperçut au fond de la grange, noyé dans l'obscurité, un cheval attaché dont l'allure était loin d'être celle de Sivka. L'animal tourna la tête en direction de la jeune fille, puis la secoua en renâclant. L'obscurité, qui s'était quelque peu dissipée, dévoila alors une vieille haridelle[5] efflanquée qui fit énormément de peine à Bourka. Comment avait-elle pu se tromper de la sorte ? Elle venait de perdre le concours parce que, une fois de plus, elle s'était imaginé que Sivka était encore en vie.

La jeune fille pensa à ses parents et au chagrin qu'elle allait leur faire. Elle n'avait pas le droit ! Elle éprouva alors une solitude immense, une solitude qu'elle ne connaissait pas. Les larmes aux yeux, elle revint sur ses pas, mais le cheval recommença à piaffer, avec cette fois-ci, beaucoup plus de vigueur. Elle s'arrêta, se retourna. Le pauvre animal la fixait avec une telle détresse que Bourka en fut profondément émue. La pureté de son regard était dissimulée sous une mèche jaunie, et sa robe pouilleuse frémissait sous les assauts répétés des tiques et des mouches. Elle s'approcha doucement tandis que les battements de son cœur s'accélé-

---

5. Mauvais cheval, maigre, décharné.

raient. « Mon Dieu, ces yeux, ces yeux ! Je les reconnais. » Transie de peur, elle murmura :

— Sivka, Sivka ?

La bête s'inclina légèrement en frappant le sol de son antérieur droit comme pour lui répondre. Elle s'approcha encore.

— Sivka, oh Sivka ! s'exclama-t-elle les yeux remplis de larmes de bonheur. J'ai prié chaque jour pour que tu reviennes ; j'ai toujours su que je te retrouverais. Oh, mon cheval, mon beau cheval !

Elle souleva le toupet et aperçut la marque sur son front. Elle enlaça son « étoile blanche » et détacha la corde qui lui cisaillait l'encolure jusqu'au sang.

— Sivka, dans quel état es-tu ! Comment as-tu été traité, mon beau prince ? Tu vas revenir à la maison, je te le promets, et je m'occuperai de toi.

Elle le regarda tendrement dans les yeux et, tout en le caressant, dit avec un léger sourire : « Il était une fois une vieille qui avait un fils nigaud. Un jour… »

À l'arrivée du parcours, Yvan et Natacha s'inquiétaient. Les organisateurs du concours questionnèrent la jeune Française qui leur dit avoir vu la Russe à moins de cinq kilomètres de l'arrivée et qu'à sa grande surprise, elle s'était dirigée vers une petite ferme.

Une demi-heure plus tard, les parents de Bourka se trouvaient auprès de leur fille et de Sivka. Le choc fut terrible, ils étaient abasourdis et eurent beaucoup de difficulté à reconnaître l'animal, mais

ils étaient tellement heureux ! Pendant plus d'une heure, Yvan négocia avec le fermier et offrit une belle somme pour récupérer cette « haridelle ». Ils rentrèrent chez eux sans le titre, mais avec le plus beau des trésors.

Par une belle journée d'août, alors que Sivka commençait à retrouver une forme satisfaisante, Bourka décida d'aller faire un tour sur les bords de la Neva. Elle voulait essayer de comprendre ce qui s'était passé lors de la tragique nuit, et elle pensait qu'il était nécessaire pour Sivka de retourner à l'endroit de la catastrophe.

En arrivant sur les berges, le cheval se cabra plusieurs fois, refusant d'aller plus loin. Bourka insista, en vain. Le temps était clément, il faisait beau et chaud, alors elle mit pied à terre, retira la selle, enleva tranquillement ses bottes et pénétra dans les eaux du fleuve.

– Viens, Sivka. Allez, viens ! Souviens-toi, nous nagions ensemble. N'aie pas peur, je suis là. Allez, viens !

Il s'approcha, puis recula, et enfin finit par entrer dans l'eau. Bourka lui montra sa joie puis, le prenant par l'encolure, le monta à cru et entreprit de traverser le fleuve. Tout à coup, à mi-chemin, Sivka commença à s'exciter anormalement.

– Tout doux, Sivka, tout doux, lui murmura Bourka à l'oreille. Tout va bien se passer, calme-toi.

Mais la panique s'empara bientôt de l'animal dont la tête, à plusieurs reprises, plongea dans l'eau du fleuve.

– Sivka ! SIVKA ! hurla Bourka. Ne me laisse pas tomber !

La rive opposée était encore à une cinquantaine de mètres et Sivka surnageait avec beaucoup de peine. Bourka, quant à elle, s'était agrippée tant bien que mal à sa crinière blanche et ne la lâchait pas. Enfin, quand Sivka mit un sabot sur la berge, il s'arracha au fleuve et galopa de manière effrénée. Bourka, en bonne cavalière, garda l'équilibre, mais il lui fut impossible de le calmer. Pendant plus de trente minutes, il mena une allure d'enfer. Et lorsqu'ils arrivèrent près d'une petite masure, le cheval se cabra à nouveau, éjectant sa compagne qui manqua de se casser les vertèbres. Écumant, Sivka s'affaissa alors.

Quelques secondes plus tard, la jeune fille reprit conscience et vit son cheval qui gisait au sol, la respiration courte et rapide. Elle se précipita vers lui.

— Sivka, Sivka ! Oh, non…

— Ne vous inquiétez pas, dit une voix rocailleuse avec un fort accent, il s'en sortira. Mettez-lui ça sur le dos, qu'il n'attrape pas froid.

C'était sans doute le propriétaire de la vieille maison. Bourka saisit la couverture en remerciant le paysan et la disposa sur Sivka.

L'homme s'agenouilla et examina le cheval.

— Dites-moi d'où vous venez comme ça.

— Du fleuve.

— Je vois… Qu'est-ce qui lui a pris de s'emballer ? Il faut tenir sa bête, jeune fille, sinon on risque les pires ennuis.

— Vous savez, je n'aimerais pas le perdre une nouvelle fois. Nous sommes restés séparés pendant sept ans.

En bougeant, Sivka dégagea un instant son front, juste assez pour que l'homme aperçoive la marque blanche. Son visage changea instantanément et Bourka le remarqua.

— Quelque chose ne va pas, monsieur ?

L'homme ne répondit pas tout de suite.

— Non, non, rien...

Puis il retourna dans la baraque. Bourka le sentait perturbé, mais elle n'y fit pas plus attention car Sivka se relevait.

— Mon Sivka ! Tu m'as fait peur, tu sais. Ça va aller maintenant. Pardonne-moi, il fallait que je le fasse.

Tout en le caressant, elle repensait à cette rencontre. Était-elle vraiment fortuite ? Pourquoi Sivka s'était-il rendu instinctivement dans ce lieu si retiré ?

S'étant assurée que son cheval allait tout à fait bien, Bourka rejoignit l'homme qu'elle trouva assis une bouteille à la main. Pendant plus d'une heure, elle tenta de découvrir ce que cet homme cachait. À la fin, il céda et lui raconta comment il avait, sept ans plus tôt, récupéré un cheval « comme celui-là ». Il savait pertinemment qu'il venait des haras Ostrapov et que c'était un rescapé du terrible drame, le seul sans doute. Mais, comme il n'avait pas le sou et que, de toute façon, ce cheval-là était mort pour tout le monde, il l'avait vendu à un maquignon[6] français.

— Faites ce que vous voulez, maintenant, lança-t-il à Bourka pour finir. Dénoncez-moi si vous le souhaitez, je suis déchargé de ce maudit secret. Vous savez, dans le fond, je ne suis pas un homme malhonnête.

Alors il se leva, entra dans la pièce voisine et en ressortit, un petit livre à la main.

— Ma bonne dame n'était pas d'accord lorsque j'ai vendu le cheval, elle en a toujours gardé des remords. Deux ans plus tard, elle est tombée malade. Je crois qu'elle en est morte. Tenez.

Il tendit l'ouvrage à Bourka.

---

6. Marchand de chevaux.

– Ma femme m'a dit sur son lit de mort : « Si quelqu'un vient pour le cheval blanc, donne-lui ce livre, il saura et il nous pardonnera. » Alors voilà, je vous le donne.

Bourka l'ouvrit et lut : *Contes et poèmes russes.* Anonyme.

Cheval de feu

de Barbara Castello et Pascal Deloche
illustré par Dominique Rousseau

Le noir régnait en maître absolu sous le ciel saturé de bleu. La vie s'était effacée faisant place au chaos. Les corps suppliciés des chênes verts et des buissons épineux semblaient s'être fardés de khôl. Les cigales avaient cessé de chanter en signe de deuil et les oiseaux s'étaient envolés vers d'autres cieux. Rien n'avait échappé à la furie dévorante et implacable du feu. Désormais, où que le regard se porte, la garrigue n'était plus qu'un vaste champ de cendres.

Léo Brunel ne parvenait pas à s'accoutumer à cette vision apocalyptique. Bien qu'il fût né dans l'arrière-pays marseillais, il refusait la fatalité des incendies de forêt. Malheureusement, malgré toutes les campagnes de prévention mises en place, le cauchemar recommençait chaque été. La négligence ou la malveillance en étaient les principales causes. Peut-être était-ce pour lutter contre la face sombre de la nature humaine qu'il s'était engagé dans les brigades équestres de la police. En effet, depuis bientôt deux ans, Léo et son cheval, Belle de Noyelle, ne faisaient plus qu'un dans la lutte contre la criminalité. « Présence, prévention, sécurisation et répression », telle était leur devise. Inséparables, ils patrouillaient dans les zones rurales, dans les parcs nationaux, mais aussi dans les villes où Belle de Noyelle remportait un franc succès auprès des citadins. Léo aimait la diversité de ses activités : interpellation pour vol à la roulotte, assistance aux promeneurs égarés, recherche de personne disparue, prévention des incendies…

Belle de Noyelle avait suivi un entraînement spécifique au sein des Haras nationaux où elle était née. Comme tous les chevaux destinés aux brigades équestres de la police, elle avait été dressée aux techniques d'intervention : palpation, menottage, contrôle d'individus dangereux… Mais plus que des partenaires, Belle de Noyelle et Léo étaient des amis inséparables. Cavalier hors pair, le jeune homme avait pu, grâce à son métier, assouvir ses trois passions : le cheval, la nature et la justice. Et c'est parce qu'il aimait se ressourcer dans sa garrigue natale en compagnie de sa monture qu'il ne pouvait supporter qu'on y mît le feu.

Depuis le début de l'été, des incendies apparemment d'origine criminelle dévastaient la forêt méditerranéenne. Au plus grand désespoir de Brunel, l'enquête tournait en rond. Pas l'ombre d'un indice matériel n'avait été trouvé. Tout au plus, avait-on vu de jeunes Gitans traîner dans les parages peu de temps avant le départ du feu. Même si leur présence n'établissait en rien leur culpabilité, Léo avait décidé d'aller leur rendre visite afin de tenter d'en savoir un peu plus. Rien ne devait être laissé au hasard.

Les sabots de Belle de Noyelle s'enfonçaient dans la cendre grise soulevant de petits nuages pulvérulents. Le silence volait en éclats sous le claquement rythmé de ses pas. Pour Léo, ce détour par la zone sinistrée était indispensable. Car c'était là qu'il puisait sa rage de retrouver les coupables.

– Ma Belle, on va serrer[1] les malades qui ont fait ça ! Et crois-moi, ils vont payer cash ! Allez, yah !

D'un coup de talon, Léo lança sa jument au grand galop comme s'il voulait échapper à une horde de démons. Peu à peu, la vie et la végétation reprirent leurs droits. Des senteurs de romarin sauvage et de farigoule vinrent flatter les naseaux de Belle, tandis que les cigales jouaient à nouveau les divas.

---

1. Terme utilisé dans la police signifiant « arrêter ».

– On est bientôt arrivés, murmura le capitaine de police en arrêtant son cheval.

Léo prit ses jumelles et observa le campement des Gitans avant de s'en approcher. Tout semblait fort calme. Une vingtaine de caravanes flambant neuves brillaient sous le soleil chauffé à blanc. Des enfants jouaient dans la poussière, des femmes faisaient la lessive dans des bassines en plastique, d'autres rempaillaient des chaises.

– On y va, lança Léo en rangeant ses jumelles.

En quelques minutes, le capitaine et sa jument arrivèrent près du camp. Les enfants furent les premiers à les voir. Intrigués, ils accouraient de partout.

– Vite, vite, y'a un cheval ! hurla un gamin, pieds nus.

Léo ne put s'empêcher de sourire face à un tel accueil. Il est vrai que, contrairement à ses collègues, il ne passait pas inaperçu. Mais Belle de Noyelle était un atout appréciable, car elle l'aidait à créer plus facilement des liens avec la population.

– Il est beau ton cheval, dit une fillette aux vêtements trop grands pour elle.

– C'est une jument, précisa Léo.

– C'est quoi comme race ?

– Un cheval de selle français. C'est sous ce nom que l'on regroupe tous les demi-sangs. C'est un excellent cheval, énergique, tranquille et bon sauteur d'obstacles.

– Comment elle s'appelle ? questionna un garçon aux cheveux hirsutes, tout en caressant le chanfrein de la jument.

– Belle de Noyelle. Et toi, quel est ton prénom ?

– Pablo, répondit-il sans sourciller.

– Eh bien Pablo, pourrais-tu me conduire jusqu'au chef de votre camp ?

– Toi, t'es qui ? lui demanda-t-il avec suspicion.

– Capitaine Brunel, je suis policier.

– Qu'est-ce que tu lui veux à notre *abuelo*[2] ?

– J'aimerais lui poser deux ou trois questions sur les feux de forêt. Rien de grave…

Léo était surpris par l'aplomb du petit garçon. Ses yeux de jais lui donnaient l'air grave des enfants qui ont grandi trop vite. Du haut de ses dix ans, il ne paraissait guère impressionné. De toute évidence, il ne souhaitait pas faciliter la rencontre.

– Merci pour ton aide… ironisa le policier en sautant de son cheval.

Il tapota machinalement le flanc de sa partenaire, l'attacha à un arbre et dit aux enfants :

– Je vous la confie. Faites bien attention à elle.

Tandis qu'ils s'agglutinaient autour de la jument comme un essaim d'abeilles autour d'une ruche, Léo se dirigea vers deux femmes qui confectionnaient des paniers en osier.

– Bonjour mesdames.

– *Buenos días*[3], lâchèrent-elles d'une voix morne, sans quitter leur ouvrage des yeux.

---

2. Signifie « grand-père » en espagnol.
3. Signifie « bonjour » en espagnol.

– Je suis le capitaine Brunel. Je voudrais parler au patriarche.

Sans daigner lui adresser la parole ni même un regard, elles lui indiquèrent de l'index une immense caravane.

Il devait être près de dix heures du matin et la chaleur commençait à monter. L'hostilité ambiante était presque palpable, mais Brunel avait l'habitude de ce genre de situation. Il s'apprêtait à frapper à la porte du chef, quand celle-ci s'ouvrit devant lui comme par magie.

– Vous me cherchez, il me semble ? lui dit un vieil homme au fort accent andalou.

– Bonjour monsieur, je suis le capitaine Brunel. Je mène une enquête sur les incendies qui ont ravagé la région ces dernières semaines. J'aimerais vous poser quelques questions.

– Oh, je vois, fit l'homme, soucieux. Asseyons-nous dehors, nous serons plus à l'aise pour bavarder.

Léo approcha une chaise en paille et fit face au vieillard. Son visage strié de rides portait l'empreinte des routes qu'il avait sillonnées. Avec sa crinière blanche et son costume noir élimé aux coudes, l'Andalou semblait surgi d'un vieil album-photo en noir et blanc.

– Ici, on m'appelle *El Dueño*[4], mais vous pou-

---

4. Signifie « Le Maître » en espagnol.

vez m'appeler Ernesto, dit-il en lui tendant une main ferme. Que puis-je pour vous ?

— Voilà, des témoins ont vu des enfants appartenant à votre famille non loin du départ d'un feu, il y a quatre jours de cela. Êtes-vous au courant ?

— Chez nous, les enfants sont libres d'aller où bon leur semble. Ils sont responsables de leurs actes.

— Donc vous confirmez les témoignages.

— Ce n'est pas ce que j'ai dit, jeune homme. Il faut savoir écouter les gens, et non entendre ce que l'on a envie d'entendre. Les petits connaissent la région comme leur poche, et il se peut qu'on les ait aperçus se promenant dans la garrigue peu de temps avant les incendies. C'est simplement une possibilité.

— Pensez-vous qu'ils aient pu mettre le feu par accident ? interrogea Léo.

— Je préfère ne pas avoir entendu votre question, s'emporta le vieil homme. Depuis la nuit des temps, on se méfie de nous. Les braves gens nous accusent de tous les maux, nous, les éternels voleurs de poules. Mais vous semblez oublier que le monde est notre royaume. Nous vivons au rythme des saisons et de la nature, que nous respectons pour les bienfaits qu'elle nous offre. Alors je ne laisserai personne insinuer que nous sommes des incendiaires.

Le jeune policier était fasciné par la beauté altière d'Ernesto. Sa grâce naturelle et la noblesse de ses traits inspiraient le respect. Au fond de lui,

Léo sentait qu'il disait vrai. Il était sincèrement révolté que l'on puisse faire peser de telles accusations sur sa descendance. Néanmoins, il poursuivit l'interrogatoire afin d'aller jusqu'au bout de son investigation.

– Je ne vous accuse de rien, Ernesto, le tranquillisa-t-il. Cependant, un accident est si vite arrivé… Des enfants qui jouent avec des allumettes et c'est le drame. Ce sont des choses qui arrivent, malheureusement…

El Dueño planta ses yeux verts dans ceux du capitaine de police. Il poussa un long soupir exaspéré et poursuivit :

– Vous ne connaissez rien à nos coutumes… Si l'un des enfants avait commis un tel acte, il serait aussitôt venu me le dire. C'est un pacte d'honneur qui unit notre clan. Chez *los Gitanos*[5], pas de mensonges. *Se lo juro*[6], mes petits n'ont rien à voir là-dedans.

– Très bien, Ernesto. Je vous remercie de votre coopération.

– Mais de rien, enchaîna le Gitan. Vous m'êtes sympathique, mon garçon. Il y a quelque chose en vous qui me plaît. Quand votre enquête sera terminée, passez nous voir un soir. Vous serez mon invité.

---

5. Signifie « les Gitans » en espagnol.
6. Signifie « Je vous le jure. » en espagnol.

– J'accepte avec grand plaisir, fit Léo en se levant et en lui serrant la main.

– *Vaya con Díos, amigo* ![7]

Brunel aimait ce genre de personnage haut en couleurs. Il avait du mal à penser que ce vénérable patriarche pouvait lui mentir. De plus, son flair de policier lui confirmait qu'il faisait fausse route. De toute évidence, les Gitans n'avaient aucun intérêt à allumer des feux de forêt. Mieux valait s'orienter vers d'autres pistes.

Léo allait rejoindre Belle de Noyelle quand il aperçut au loin Pablo en pleine conversation avec sa jument. Le policier fut attendri par la complicité qui s'établissait entre l'enfant et l'animal. Le petit Gitan avait perdu son regard dur. Tout en parlant, il caressait la jument qui, elle, semblait ne pas perdre une miette des confidences de son nouvel ami.

« Que peut-il bien lui raconter ? » se demanda Léo tout en avançant discrètement.

Poussé par sa curiosité naturelle, il s'approcha à pas de loup et se cacha derrière un arbre, suffisamment près pour entendre le garçonnet.

– Ça, tu vois, disait Pablo, c'est mon trésor. Je l'ai trouvé tout seul, et personne ne me le prendra. Chut, c'est un secret. Je suis sûr que certaines personnes seraient très mécontentes de savoir que j'ai

---

7. Signifie « Que Dieu te garde, mon ami ! » en espagnol.

cette chose en ma possession. Mais toi, tu ne diras rien, hein ?

En guise de réponse, Belle de Noyelle inclina légèrement la tête vers la droite. Léo, intrigué par les propos de Pablo, se pencha pour apercevoir ce « trésor ». En fait, le petit garçon tenait dans sa main une sorte de gobelet en aluminium qui ne présentait aucune valeur apparente.

« Un truc de gosse », pensa Léo.

Pour ne pas que Pablo puisse soupçonner qu'il avait été épié et surtout que son secret avait été mis à jour, Brunel se mit à tousser bruyamment afin de signaler son arrivée. Surpris, l'enfant rangea prestement son godet dans sa poche.

– Elle a été sage ? interrogea Léo d'un air détaché.

– Oui. T'as de la chance d'avoir un cheval aussi gentil. Tu reviendras, dis ?

– Dès que j'aurai fini mon enquête.

– *Muy bien. Hasta luego* ![8]

Pablo embrassa les naseaux de la belle alezane et s'éloigna en courant.

– On dirait que tu t'es fait un nouveau copain, dit-il à sa monture. Je vais être jaloux…

Comme pour le rassurer, Belle de Noyelle émit un hennissement qui ressemblait à un trémolo de trompette.

– On se moque, mademoiselle ? dit Léo en montant en selle. Allez, retour au paddock et déjeuner pour tout le monde.

Brunel aimait se laisser bercer par le « toc o toc » du trot de sa jument. Il lui semblait ne faire qu'un avec ces paysages arides qui l'avaient vu naître et grandir. Sorti major de sa promotion à l'école de police, il aurait pu briguer un poste à Paris. Mais il ne pouvait se passer du chant des cigales de sa Provence natale et de la compagnie de « la plus belle conquête de l'homme » : le cheval. Aussi avait-il choisi d'être affecté à la brigade équestre de Marseille où il menait une carrière prometteuse.

Léo était absorbé dans ses pensées, quand sa radio se mit à grésiller.

---

8. Signifie « Très bien. À bientôt ! » en espagnol.

– Appel à toutes les patrouilles, appel à toutes les patrouilles. Répondez.

– Alpha Tango Zebra, j'écoute.

– Léo, c'est Marius de la brigade des pompiers.

– Oh, Marius, que se passe-t-il ?

– Notre centre de vigie vient de nous signaler un départ de feu près du mas de Molnas. Le mistral souffle et nous craignons que l'incendie se propage à une rapidité vertigineuse. Le plan rouge est déclenché. Comme c'est un feu de surface, nous allons creuser des sillons pour délimiter la zone, et les Canadairs prendront le relais.

– Bon Dieu, ça recommence ! s'emporta le policier.

– Où es-tu exactement ? interrogea le pompier.

– À cinq kilomètres à vol d'oiseau.

– Il faudrait que tu ailles au mas de Molnas pour convaincre la vieille Barberine Fayolle de se laisser évacuer dès que nos hommes arriveront chez elle. Nous lui avons téléphoné pour la prévenir du danger qu'elle courait. Elle ne veut rien entendre. La mamé est plus têtue qu'une mule !

– Je la connais bien, intervint le policier. Peut-être m'écoutera-t-elle. J'y vais !

– Léo, fais attention à toi ! Ne te laisse pas prendre au piège par les flammes.

– Ne t'inquiète pas ! Je te rappelle dès que je suis sur zone. Terminé.

Léo sortit sa carte I.G.N., analysa rapidement l'itinéraire le plus court, puis se lança au galop à travers la garrigue. S'il arrivait malheur à Barberine, il s'en voudrait jusqu'à la fin de ses jours. Du haut de ses quatre-vingts ans, la vieille dame faisait partie des personnages emblématiques de la région. Ici, tout le monde la connaissait, elle, ses chiens et son foutu caractère… Elle était née dans ce mas et jurait, à tous ceux qui voulaient l'entendre, qu'elle y mourrait. « Et le plus tard possible, bonne mère ! » aimait-elle ajouter avec son merveilleux accent provençal.

Belle de Noyelle semblait comprendre l'urgence de la mission. Les oreilles en arrière, elle sautait les obstacles avec sang-froid et détermination. Au bout de quelques minutes, Léo aperçut une colonne de fumée noire qui s'élevait au loin tel un serpent funeste.

– On n'a plus une minute à perdre, dit-il à sa partenaire.

La voix de Léo était aussi cinglante qu'un coup de fouet. Électrisée, Belle de Noyelle se jeta de toutes ses forces dans ce combat contre la montre. Insensible au vrombissement des Canadairs qui survolaient la zone, elle s'élançait au grand galop vers le brasier. Léo et elle ne formaient plus qu'un dans cette course contre les flammes.

Plus ils se rapprochaient de chez Barberine, plus le ciel bleu se voilait de fumerolles grises. Une épaisse fumée noire pesait comme un couvercle sur la forêt. Des craquements lugubres, accompagnés de l'odeur âcre de l'oxyde de carbone, laissaient présager le pire. Léo ralentit. Tel un félin aux abois, il restait sur ses gardes. Marius avait raison.

Il n'y avait pas plus sournois et plus dangereux que le feu. Aussi, est-ce avec un certain soulagement qu'il arriva au mas de Molnas.

– Barberine ! C'est moi, Léo Brunel, le petit-fils d'Augustine ! appela-t-il en descendant de cheval. Tu m'attends là, ma Belle. Tu as été formidable.

Léo attacha sa monture autour d'un tronc d'arbre et s'approcha de la grande maison de pierre.

– Hé, Barberine ! Vous m'entendez ? cria le policier, soudain inquiet.

– Oh, pitchoun, je ne suis pas sourde ! lui répondit la vieille femme en déboulant comme un diablotin, un tuyau d'arrosage à la main.

Malgré la gravité de la situation, Léo ne put s'empêcher de sourire.

« Décidément, elle ne changera jamais », pensa-t-il.

L'octogénaire avait revêtu un vieux bleu de travail qui avait sûrement appartenu à son défunt mari. Un foulard à pois mauve noué sur la tête, un autre plaqué sur le nez, elle avait entrepris d'arroser les abords immédiats de sa maison.

– Oh peuchère ! Qu'est-ce que tu fais là ? Que va dire ta grand-mère, la bonne Augustine ?

– Je crois qu'elle va me féliciter d'être venu vous chercher, tenta Léo.

– Me chercher ? Et pour quoi faire, je te prie ?

– Enfin, Barberine… le feu est à moins d'un kilomètre de chez vous. Il n'est pas prudent de rester seule ici.

– Seule ? Mais je ne suis pas seule ! Je vis avec mon âne Gaspard et mes chiens, Julius, Claudius et Néron, lui lança-t-elle avec une certaine mauvaise foi. Et tu crois peut-être que je vais les abandonner ?

– Non, bien sûr, reconnut le policier. Mais les pompiers vont arriver. J'aimerais que vous les accompagniez, le temps que tout risque soit définitivement écarté.

– Hé, petit, tu l'as bien regardée la Barberine ? Je ne vais pas croire à toutes tes carabistouilles. Ici je vis le jour. Ici je m'éteindrai… Même si je dois terminer comme une sardine grillée du Vieux Port de Marseille !

– Barberine, je vais être obligé de vous enlever sur mon beau cheval blanc, la prévint Brunel avec un sourire charmeur.

– Si j'avais cinquante ans de moins, j'y réfléchirais à deux fois, mais là c'est non !

Soudain, la radio de Léo se mit à crachoter un son presque inaudible.

– Alpha Tango Zebra, à vous !

– Alpha Tango Zebra. Je vous reçois cinq sur cinq.

– C'est Marius. Où es-tu ?

– Chez Barberine ! répondit Léo, tout en s'éloignant de quelques pas.

– Alors ?

– Rien à faire ! Elle ne veut pas bouger de chez elle !

– Bon, nous sommes parvenus à maîtriser le

feu. Il n'y a plus de péril immédiat. Mais on a eu de la chance que le mistral se soit calmé. Sinon, c'était la catastrophe.

— Vous avez pu déterminer les causes de l'incendie ? s'enquit le policier.

— C'est trop tôt pour le dire avec certitude. Mais une chose est sûre : trois feux dans le même périmètre à quelques semaines d'intervalle, ce n'est pas le fruit du hasard.

— Je suis tout à fait d'accord avec toi. À plus tard, Marius !

— Salue Barberine pour moi !

— Je n'y manquerai pas. Terminé.

Léo alla rejoindre la vieille femme qui continuait à arroser scrupuleusement les alentours de sa maison.

— C'était Marius Parédès, vous savez, le fils d'Honorine.

— Pardi, je ne suis pas gâteuse. C'est le petit qui est pompier.

— Exactement. Il vient de me dire que le danger était écarté pour l'instant. Mais il faut rester vigilant.

— Je monterai la garde cette nuit.

— Vous êtes sûre de ne pas vouloir venir avec moi ? tenta une dernière fois Brunel.

— Foi de Barberine, je reste chez moi. Il n'est pas encore né celui qui me fera partir de mon mas. Ça je te le dis, petit. Et ce n'est pas ce Parisien avec tous ses salamalecs qui pourra me convaincre du contraire !

— Quel Parisien ? interrogea Léo.

– Je te parle de cet homme à l'accent pointu et au costume noir, pardi ! Il n'arrête pas de rôder autour de chez moi comme un corbeau. « Il faut vendre votre maison, chère madame. C'est beaucoup trop dangereux de vivre loin de tout. J'ai des acheteurs fortunés qui seraient prêts à vous en donner un bon prix. Des gens très bien. Vous feriez une bonne affaire. Croyez-moi. » Et patati et patata… l'imitait-elle en pinçant exagérément les lèvres.

– Combien de fois est-il venu vous voir ?

– Deux ou trois. Plus cela allait, plus il insistait. Mais il ne savait pas à qui il avait affaire. D'ailleurs, hier, je lui ai clairement dit qu'il perdait son temps. Que jamais je ne vendrai ma maison… quel qu'en soit le prix.

– Vous avez bien fait, Barberine. S'il continue à vous importuner, appelez-moi. Voici mon numéro de téléphone portable, lui dit-il en lui tendant sa carte de visite.

– Merci. Je dirai à ta grand-mère qu'elle a un bon petit.

– C'est gentil, Barberine.

– À bientôt.

Léo lui fit un signe de la main et alla retrouver son cheval. Belle de Noyelle broutait sereinement quelques touffes d'herbe sèche. Son instinct avait dû lui dicter que l'incendie était maîtrisé et qu'il n'y avait plus de danger. Léo détacha sa monture, prit les rênes et monta en selle. Il s'apprêtait à sortir de la propriété, quand un éclat métallique attira son attention. Il fit faire quelques pas à son cheval, puis sauta à terre pour voir de plus près de quoi il s'agissait. Il se baissa et ramassa une sorte de godet en aluminium qui ressemblait à s'y méprendre au « trésor » de Pablo. Léo arracha une feuille de son calepin afin de prendre l'objet sans y laisser ses propres empreintes.

« On n'est jamais trop prudent », pensa-t-il en bon professionnel.

Il analysa l'intérieur du petit récipient. Apparemment, son contenu s'était renversé sur le sol. Il ne restait plus que quelques traces d'un gel vert et transparent accroché aux parois. Une vague odeur d'éthanol s'en dégageait.

— Un gel combustible… conclut-il soudain.

Tout cela était extrêmement troublant. Brunel ne croyait guère aux coïncidences. Des petits Gitans avaient formellement été identifiés près du lieu où s'était déclaré le premier incendie. Pablo possédait un godet identique à celui qu'il venait de trouver. Il fallait qu'il retourne interroger Barberine. Il courut la rejoindre tout en tenant fermement sa trouvaille.

— Tu n'es pas parti ? s'étonna-t-elle.

— Pas encore… Dites-moi, c'est à vous ? s'enquit-il en lui montrant l'objet.

— Non. Qu'est-ce que c'est ?

— Un gel combustible que l'on utilise pour allumer le feu.

— Oh !

— Dites, Barberine, vous n'auriez pas vu des Gitans ces derniers temps ?

— Pardi, bien sûr que oui ! Deux Gitanes sont

venues hier me ramener des chaises que j'avais fait rempailler. Mais où veux-tu en venir avec toutes tes questions de fada ?

— Je n'en sais rien moi-même. Allez, oubliez tout ça ! Bonne journée.

— Adieu, Léo. Que Dieu te garde !

Belle de Noyelle n'avait pas bougé d'un pouce. Docile et confiante, elle attendait son maître.

— Je déteste que l'on se moque de moi ! s'emporta Léo en calant le bout de ses bottes dans les étriers. Je vais aller dire deux mots à Ernesto. Je crois qu'une explication s'impose.

Le cavalier et sa jument s'élancèrent à toute allure vers le camp des Gitans. Crinière au vent, l'équidé avait bandé ses muscles dans cette folle cavalcade. Lancée au grand galop, Belle de Noyelle laissait dans son sillage un épais nuage de poussière. Léo, lui, était absorbé dans ses pensées. Le vieux Gitan lui avait-il menti ? La présence de Pablo, puis celle des deux femmes près des lieux des incendies était-elle une coïncidence ? Le policier n'y croyait guère.

Les questions défilaient encore dans son esprit, quand il arriva au camp des Gitans.

Il était plus de midi. Les femmes étaient en train de préparer le repas sur des réchauds à gaz disposés à l'extérieur de leur roulotte. Quant aux hommes, ils semblaient avoir déserté les lieux. En effet, Léo se rappela qu'il n'en avait pas croisé un seul lors de sa dernière visite.

– Tu restes là, ma jolie. Je vais voir si ces dames n'ont pas un peu d'eau pour toi, dit-il en mettant pied à terre.

Léo sentit à nouveau que sa présence n'était pas appréciée. Les Gitanes s'étaient tues dès qu'elle l'avait vu approcher. Le nez plongé dans leur marmite bouillonnante, elles ressemblaient à deux autruches qui ne souhaitent pas voir arriver le danger.

– Pardon mesdames, auriez-vous un peu d'eau pour mon cheval ? demanda-t-il poliment.

– Là-bas, lui répondit la plus âgée en lui montrant une pompe à eau.

– Je vous remercie de votre amabilité, se moqua le policier. Je peux prendre une bassine ?

Seul un grognement lui fit écho. Le cavalier alla abreuver sa jument qui n'était pas troublée par l'effervescence qui l'entourait. Une fois de plus, elle faisait le bonheur des enfants dont les distractions étaient fort maigres. Léo nota que le petit Pablo n'était pas parmi eux. Cela ne lui disait rien qui vaille. Aussi décida-t-il d'aller voir immédiatement le vieil Ernesto pour tirer l'affaire au clair. Sans en référer à personne, il se dirigea d'un pas implacable vers sa caravane et frappa trois coups tout en s'annonçant.

– C'est Léo Brunel... Pouvez-vous m'ouvrir, Ernesto ? C'est très important.

Le policier tendit l'oreille. Les parois étaient si minces qu'il perçut des murmures étouffés suivis de bruits de pas précipités.

– J'arrive, j'arrive… répondit le patriarche. Deux secondes.

Léo n'aimait pas du tout cela. Il était sur le point de s'énerver, quand la porte s'entrouvrit. L'homme affichait un sourire qui sonnait faux. Brunel le nota aussitôt.

– Je vous dérange peut-être…

– Absolument pas, dit-il en fermant la porte derrière lui. Que puis-je pour vous ?

– Je suis très ennuyé… commença le policier. Ce matin, je vous ai dit que des enfants avaient été vus dans la garrigue peu de temps avant les incendies.

– Parfaitement.

– Ce qui me gêne davantage, c'est que deux Gitanes sont également passées hier au mas de Molnas. Et aujourd'hui, le feu a failli tout détruire sur des kilomètres à la ronde.

– Je n'aime pas du tout vos allusions, s'emporta le patriarche.

– Ce ne sont pas des allusions, ce sont des faits.

– Où voulez-vous en venir ?

– J'essaye de comprendre.

– Il n'y a rien à comprendre ! Nous n'avons strictement rien à nous reprocher. Nous ne sommes pas des pyromanes. Nous n'avons pas pour habitude d'allumer des feux de forêt pour nous distraire ! s'indigna le vieil homme.

– J'aimerais voir Pablo, trancha abruptement le policier.

– Pourquoi ?

– Cela ne vous regarde pas !

– Je suis son grand-père !

– Et moi, j'appartiens à la police nationale. À ce titre, j'exige de voir votre petit-fils.

Léo avait décidé d'être ferme. Il voulait que la vérité soit faite, et au plus vite.

– Vous n'avez pas de mandat ! s'entêta le Gitan.

– Je veux *parler* à Pablo, pas l'arrêter. Mais si vous insistez, je me ferai un plaisir de revenir avec une commission rogatoire.

– Vous ne me faites pas peur. Arrêtez-moi si vous voulez, mais laissez Pablo tranquille, vous m'entendez !

Le vieil homme était fou de rage. Léo sentait qu'il était prêt à tout pour sauver son petit-fils, comme une lionne l'aurait fait pour ses lionceaux. Il était sur le point de durcir le ton, quand la porte de la caravane s'ouvrit à toute volée.

– Arrête, *abuelo*, l'exhorta Pablo. C'est moi qu'il cherche.

D'une démarche très théâtrale, le garçonnet descendit les trois marches et vint se planter sans la moindre appréhension devant le policier.

– Mon grand-père n'est pas un criminel. Fichez-lui la paix !

– Pablo, rentre immédiatement ! lui ordonna le vieux Gitan.

– Nous n'avons rien fait de mal, poursuivit le garçon. Nous sommes des gens honnêtes. Les hommes travaillent comme saisonniers dans les champs, du lever au coucher du soleil. Quant aux femmes, elles font des paniers ou rempaillent les chaises. Je ne vois pas ce qu'il y a de mal à ça ! Nous sommes pauvres, mais nous ne sommes pas des bandits. Ce n'est pas juste de nous persécuter ainsi !

Un profond sentiment d'injustice bouleversait le jeune garçon. Léo nota qu'il était sur le point de fondre en sanglots, mais sa fierté naturelle lui interdisait de verser la moindre larme.

– Je n'ai absolument rien contre vous, enchaîna Léo d'une voix moins sévère. Je voudrais juste avoir quelques explications.

– Sur quoi ? interrogea le gamin d'un ton agressif.

– Mon cheval et moi n'avons aucun secret l'un pour l'autre. Et j'ai cru comprendre que tu avais un trésor. Tu pourrais me le montrer ? C'est important pour l'enquête.

Pablo jeta un regard interrogatif vers son grand-père. D'un signe de tête, ce dernier lui fit comprendre qu'il pouvait obéir au policier.

Le jeune Gitan se mit alors à fouiller dans sa poche et en sortit un godet en aluminium.

– C'est ça que vous voulez ? demanda le petit Andalou en brandissant l'objet.

– Exactement.

Pour Léo, cela ne faisait aucun doute. C'était le même godet que celui qu'il avait trouvé près de chez Barberine.

– Tu sais à quoi ça sert ? demanda le capitaine de police.

– Euh… Non… Enfin, je ne le savais pas quand je l'ai ramassé. Moi, j'avais trouvé ça joli.

– Écoutez, l'interrompit Ernesto. Vous voyez bien que ce gamin n'est pour rien dans toute cette affaire. Il a trouvé ce godet dans la forêt, près du mas des Espigoules. Comme votre visite de ce matin l'avait intrigué, il est venu me montrer sa découverte. Il ne m'avait parlé de rien jusqu'à ce que vous débarquiez, il y a cinq minutes. Là, j'ai tout de suite compris la gravité de la situation.

– Dissimulation de preuves et entrave à la justice, ça peut vous coûter cher, le sermonna Léo.

– Cessez de jouer au grand méchant loup, car je n'ai rien d'un agneau, le menaça gentiment le patriarche. Je n'ai rien caché du tout puisqu'il y a encore quelques secondes, je n'étais au courant de rien. C'est en voyant le godet en aluminium que j'ai aussitôt su qu'il s'agissait d'un allume-feu. Je voulais retourner sur les lieux avec Pablo pour mener ma propre enquête. Chez nous, on règle d'abord les histoires en famille, et ensuite on prévient la police.

– Et les deux femmes qui sont allées chez Barberine ?

– Pur hasard ! Je le jure sur la tête de mon petit-fils.

Léo savait que le vieux disait vrai. Il était presque soulagé que les choses rentrent ainsi dans l'ordre, car le vieil homme lui était devenu sympathique.

– Maintenant Pablo, tu vas tout m'expliquer,

d'accord ? lui demanda-t-il en s'accroupissant pour être à sa hauteur.

— Jeudi dernier, je me promenais dans la pinède avec mon chien, Lazarillo, commença l'enfant. Là, j'ai croisé des gens qui m'ont regardé avec un drôle d'air.

— Certainement les témoins qui nous ont prévenu de ta présence. Continue, mon grand.

— J'ai cueilli du thym et du romarin pour maman, près du mas des Espigoules. Je m'apprêtais à rentrer, quand j'ai vu que Lazarillo jouait avec un truc brillant. Alors je l'ai ramassé en me disant que c'était peut-être un trésor en or. Voilà, c'est tout.

— Tu n'as rien vu d'autre ? tenta Léo.

— Non, je vous le jure, dit l'enfant d'un air solennel.

— Si tu te souviens de quelque chose, appelle-moi, lui recommanda le policier en écrivant son numéro sur une feuille de son carnet. Et vous, Ernesto, évitez de jouer les commissaires Maigret !

— Message reçu. Malgré tout, mon invitation à dîner tient toujours.

— J'espère bien, plaisanta Léo en serrant la main du vieux Gitan.

— *Hasta luego* !

Plus l'enquête avançait, plus le mystère s'épaississait. Le seul indice que Léo possédait était ces godets contenant des traces d'éthanol gélifié. Désormais, il ne faisait plus aucun doute qu'il s'agissait d'incendies criminels. Restait à démasquer le coupable… Léo savait combien cette tâche était difficile. Mais sa conscience professionnelle et son flair le poussèrent à aller voir de plus près ce qui se passait au mas des Espigoules.

À nouveau, Belle de Noyelle et son maître durent traverser des paysages où la mort rôdait dans son manteau de suie noire. Le silence qui régnait sur le mas des Espigoules était triste à fendre l'âme. En descendant de cheval, Léo aperçut le propriétaire des lieux, assis sous un figuier centenaire. Ici, tout le monde connaissait le vieux César. Cela faisait près de cinquante ans qu'il fabriquait la meilleure huile d'olive de toute la région.

— Oh, César ! C'est moi, Léo, Léo Brunel, cria le jeune capitaine en s'approchant.

— Bonne mère, que fais-tu par ici ? s'enquit le septuagénaire en se levant péniblement à l'aide de sa canne.

— Je viens prendre de vos nouvelles.

— J'ai connu des jours meilleurs, soupira le vieux paysan. Je crois que je suis fatigué de vivre.

— Il ne faut pas dire ça. Que ferions-nous sans vous, César ? Et qui s'occuperait de vos oliviers ?

— Je me fais vieux, maintenant. Un quart de mes arbres sont partis en fumée, et ma joie de vivre s'est envolée avec eux. Cet incendie m'a détruit. C'en est trop pour un vieil homme comme moi.

— Mais enfin, César, vous êtes plus pétillant que le meilleur des champagnes.

— Tu es bien gentil, soupira le malheureux. Mais

tu vois, maintenant je me sens isolé… fragile… Je crois que je vais vendre ma propriété à ce type qui est venu, il y a trois semaines. Il m'en proposait un bon prix.

— C'était avant l'incendie ? demanda Léo, soudain intrigué par la tournure de la conversation.

Les propos de César lui rappelaient curieusement ceux de Barberine.

— Hé oui… À l'époque, je ne voulais pas vendre un pouce de terre. Mais aujourd'hui, tout est bien différent. C'est une aubaine que cet homme soit passé par chez moi. D'ailleurs, il m'a rappelé ce matin pour que nous prenions rendez-vous. Il ne devrait pas tarder.

— C'est quelqu'un de la région ?

— Oh que non ! Ce « môôôssieur » n'est pas de chez nous, dit-il en prenant un air snob, singeant ainsi le visiteur.

Le voile de mystère qui entourait les incendies se déchirait peu à peu. Léo commençait à y voir plus clair. Barberine et César étaient tous deux âgés. Tous deux possédaient de magnifiques propriétés en plein cœur de la garrigue, mais à moins d'une heure de Marseille. Tous deux avaient reçu la visite d'un homme qui proposait d'acheter leur maison et leurs terres. Tous deux avaient refusé. Léo connaissait cette pratique. Des promoteurs immobiliers sans foi ni loi écumaient la région à la recherche de personnes âgées isolées, parfois malades, susceptibles de vendre leur maison pour une bouchée de pain. Mais celui-ci était allé encore plus loin. De toute évidence, il avait voulu intimider César et Barberine, tout en faisant chuter le prix du terrain. Il était gagnant sur tous les tableaux. Pour peu qu'il soit en cheville avec un maire peu scrupuleux, les mas allaient être rasés pour être remplacés par des dizaines de villas qui seraient vendues à prix d'or à des citadins fortunés.

— À quoi tu penses, Léo ? T'es tout bizarre, peuchère ! s'inquiéta le vieil homme.

— César, grâce à vous, nous allons certainement pincer le criminel qui a mis le feu à notre belle Provence !

— Je crois que le soleil t'a tapé sur la calebasse !

— Je suis presque certain que le type qui vous a donné rendez-vous est l'auteur des incendies. Il veut vous obliger à vendre votre maison.

— Sainte Mère, jura César. Je n'y avais pas pensé. Tu dois avoir raison, petit. Il ne perd rien pour attendre, ce margoulin ! Je vais faire tâter de mon fusil de chasse à ce...

— Calmez-vous, César. Je vais m'occuper de lui. Mais vous allez devoir m'aider.

— Tout ce que tu veux. Je suis ton homme.

— Quand il arrivera, confirmez-lui que vous souhaitez vendre votre maison. Invitez-le à prendre un verre. Et moi, pendant ce temps, j'irai jeter un œil dans sa voiture.

Soudain, Belle de Noyelle se mit à piaffer. L'alezan, d'ordinaire si calme, tentait de se libérer, comme si elle pressentait un danger imminent. Léo allait voir ce qui se passait quand César lui cria :

– Hé ! Le voilà ! Je reconnais sa grosse voiture. Vite ! Disparaissez tous les deux, car le bougre doit être malin comme un singe. S'il vous voit, il va sûrement se douter de quelque chose.

– OK. Allez vous asseoir sous votre figuier. Nous, nous allons nous cacher derrière la grange, expliqua le policier. Surtout, essayez d'être naturel. Il ne faut pas qu'il se doute du piège.

– Tu peux compter sur moi.

César alla s'installer sous son arbre, tandis que le capitaine de police s'éclipsa discrètement. De son poste d'observation, il avait une vue panoramique de la scène. Il vit l'homme garer sa Jaguar derrière la maison.

« Formidable ! songea-t-il en caressant la tête de Belle de Noyelle. Je pourrai ainsi inspecter son véhicule en toute tranquillité. »

Amusé, il regardait César accueillir son visiteur en faisant de grands gestes et en affichant un large sourire.

« Bon acteur ! » pensa-t-il.

Léo attendit que le Parisien fût assis près de César, puis il se précipita vers la luxueuse voiture. Dans un premier temps, il fit le tour de la berline. Il s'aperçut que le promoteur avait omis de fermer les portières à clé. Aussi, ouvrit-il le véhicule sans difficulté. Aussitôt, il remarqua des dossiers posés sur la banquette arrière. Il les feuilleta rapidement.

« C'est bien ce que je pensais », se dit-il.

Des contrats de vente étaient déjà établis aux noms de Barberine et de César. L'acheteur n'était autre que le cabinet immobilier Peretti dont le siège social était à Paris. Dans un autre classeur, Léo découvrit une série de plans de somptueuses villas avec piscine.

« Un programme immobilier de résidences de luxe », conclut-il en reposant les documents avec précaution.

Poussé par la curiosité, il s'attaqua au coffre qui ne lui opposa aucune résistance, car il n'était pas verrouillé. Le temps pressait. Il n'y avait pas une minute à perdre ; l'homme pouvait débarquer à tout moment. Léo savait que sa fouille était illégale sans mandat de perquisition. Mais c'était un préalable incontournable pour appréhender le suspect.

À l'intérieur du coffre, il n'y avait qu'une boîte à outils, une roue de secours et un sac en plastique vide provenant d'un supermarché de la région. Léo l'ouvrit. Rien, à part un ticket de caisse. Par acquis de conscience, il le lut rapidement.

– Bingo ! ne put-il s'empêcher de dire à voix basse.

Le Parisien avait acheté cinq paquets d'allume-feu et une boîte d'allumettes suédoises. Galvanisé par l'ampleur de sa découverte, le policier fouilla la trousse à outils. Rien. Il souleva le tapis de sol et là, comme par enchantement, il découvrit six godets en aluminium remplis d'éthanol gélifié. Soudain, la voix de César lui parut étrangement proche.

– Vous êtes sûr que vous ne voulez rien boire, s'égosillait le vieux afin de prévenir Léo de l'arrivée du promoteur.

– Non, c'est gentil, lui répondit ce dernier. Mais je dois aller voir votre voisine, Barberine Fayolle. Elle m'attend.

– Comme vous voulez. À demain pour la signature de la promesse de vente. Vous me sauvez la vie, monsieur Peretti ! mentit César.

Léo n'avait eu que quelques secondes pour penser au scénario qui permettrait de confondre le promoteur. Il allait lui demander de le suivre jusqu'au commissariat dans le cadre d'une enquête qu'il menait sur des vols de Jaguar qui se produisaient dans la région. « Simple contrôle de routine », lui dirait-il.

En effet, Léo n'était pas censé avoir fouillé la voiture. Mais les éléments qu'il y avait trouvés étaient suffisants pour mettre l'homme en examen. Il le savait. Il allait donc devoir se montrer très habile pour qu'il accepte de l'accompagner sans éveiller ses soupçons. Brunel décida de l'attendre près de sa Berline.

– Bonjour, fit l'individu en arborant un sourire de pure courtoisie.

– Capitaine Brunel de la police de Marseille, se présenta Léo.

– Que puis-je pour vous ?

– Je mène une enquête sur un gang spécialisé dans les vols de Jaguar.

– Et vous m'avez suivi jusqu'ici ? s'inquiéta soudain le Parisien.

– J'appartiens à la brigade équestre et je passais par là, mentit Brunel. Pouvez-vous me présenter vos papiers d'identité ainsi que ceux du véhicule, s'il vous plaît ?

— Pas de problème. Ils sont dans la boîte à gants.

Léo ne le quittait pas des yeux. Il le regarda ouvrir la portière côté passager, mais il n'avait pas vu la clé de contact qu'il tenait dans le creux de la main. Là, les événements se précipitèrent. Le promoteur se jeta sur le siège conducteur et s'installa au volant avec une rapidité vertigineuse. Puis il démarra sans que Léo ne puisse rien faire.

— Police, on ne bouge plus ! ordonna ce dernier.

Transgressant l'ordre du policier, l'homme partit dans un crissement de pneu.

Bien que surpris par la réaction de Peretti, Léo garda son sang-froid. Il siffla dans ses doigts, comme le font les supporters de Marseille. Belle de Noyelle déboucha au galop et s'arrêta net devant son maître. Léo sauta sur son cheval et s'élança à la poursuite du malfaiteur. Il était totalement aveuglé par les nuages de poussière soulevés par la voiture. Malgré tout, il possédait un avantage certain sur son adversaire. Ce joker s'appelait Belle de Noyelle. En effet, avec sa partenaire, Léo pouvait passer partout. Elle était plus forte qu'un 4 × 4 tout-terrain.

Le policier était totalement penché sur l'encolure de la jument. Il aimait sentir la puissance de ses muscles contre sa poitrine. Cela le rassurait. Désormais, la Jaguar n'était plus qu'à quelques mètres d'eux. Dans un dernier effort, Belle de

Noyelle parvint à la doubler et à lui couper la route.

Surpris, le conducteur pila. C'est alors qu'ils firent volte-face, et que la jument se cabra devant le véhicule. Léo tenait fermement les rênes pour ne pas basculer en arrière. Le promoteur, terrorisé, était tétanisé sur son siège.

— Délit de fuite. Vous êtes en état d'arrestation, lui signifia le policier en descendant de cheval. Allez, sortez de là immédiatement, mains en l'air. Je préviens mes collègues pour qu'ils viennent vous chercher.

— Je n'ai rien à me reprocher, tenta Peretti en s'exécutant.

— C'est ce que l'on va voir... Ouvrez votre coffre !

— Je ne savais pas qu'il y avait des cow-boys à Marseille, se moqua-t-il.

— Alors vous avez bien fait de faire le voyage jusqu'ici ! C'est vrai qu'il ne se passe pas grand-chose à Paris. Alors qu'ici...

Léo fit mine d'ouvrir la boîte à outils. Puis il souleva le tapis de sol.

— Oh, des allume-feu ! s'étonna-t-il avec l'intonation que l'on prend devant un enfant pris en faute. Et des allumettes suédoises ! Comme c'est curieux... Eh bien, mon cher monsieur, vous allez devoir vous expliquer.

— J'ai le droit d'entreposer ce que je veux dans ma voiture. Ce n'est pas un délit tout de même !

— Effectivement ! reconnut Léo. Mais il va falloir

que vous nous disiez pourquoi vous avez pris soin de cacher votre panoplie du parfait pyromane.

– Vous ne me faites pas peur ! se mit-il à hurler. De toute façon, vous ne pourrez rien prouver, j'ai un excellent avocat.

– Ah oui ? Et ça ? fit-il en sortant le godet qu'il avait ramassé près de chez Barberine. Vous allez certainement nous expliquer pourquoi il y a vos empreintes dessus. N'est-ce pas, monsieur Peretti ?

Léo avait choisi de bluffer, car il sentait que le promoteur était sur le point de craquer psychologiquement. D'ailleurs, sa réaction ne se fit pas attendre. Son visage était devenu blanc comme un linge, et de grosses gouttes de sueur apparurent sur ses tempes.

– Vous ne m'intimidez pas ! dit-il d'une voix tremblante.

– Vous expliquerez tout ça à mes collègues. Ils sont réputés pour avoir des méthodes d'interrogatoire très musclées, mentit Léo.

– Non… Je vais tout vous dire ! s'écria l'homme en s'effondrant en larmes sur le capot de sa voiture. Oui, c'est moi qui ai mis le feu. Mais je voulais juste intimider ces vieux têtus… Je ne pensais pas…

– Tiens, voilà la voiture de police, dit Léo en montrant du doigt le petit sentier qui serpentait jusqu'au mas. Gardez vos forces, vous allez en avoir besoin.

Léo attendit que ses collègues menottent et embarquent le suspect pour rejoindre son ami.

– On l'a bien eu ce saligaud, pas vrai, Léo ? se réjouit le vieil homme en donnant l'accolade au jeune capitaine.

– C'est grâce à vos talents de comédien, César. À votre place, j'arrêterais l'huile d'olive et je commencerais une carrière d'acteur, plaisanta Brunel.

– Arrêter l'huile d'olive ? Mais tu n'y penses pas, malheureux !

– Ce n'est pas ce que vous disiez tout à l'heure ? lui rappela-t-il gentiment.

– Oh, oublions ces fadaises, et allons fêter l'arrestation de ce bandit.

– Qu'en penses-tu Belle de Noyelle ?

La jument tourna la tête vers son maître, retroussa ses belles babines et se mit à hennir si fort qu'on l'entendit jusqu'au Vieux Port...

Galop dans le noir

de Julie Got
illustré par Marc Bourgne

- 1 -

« Dors, Doris, dors… Doris, dodo, dors. »
« Peux pas ! » ai-je envie de hurler.

Trop de noir dans cette chambre. Noir…
Insomnie, somme… Som, mon cheval noir.

Lumière.

Mon réveil affiche 3 h 12. Je regarde la photo
sur ma table de chevet. Som le sombre, figé dans
un galop d'enfer, m'observe de ses prunelles
veloutées. Celle qui sourit sur son dos, les cheveux
blonds au vent, c'est moi. Derrière l'objectif, c'est

Jean. Mon grand-père, sec et noueux comme un cep, professeur d'équitation à la retraite, qui m'a légué sa passion dévorante pour les chevaux. Et, pour l'assouvir, un cadeau de six cents kilos : mon hongre[1] Som, 1,60 m au garrot, treize ans et toutes ses dents, un tantinet cabochard et d'un tempérament de feu. Mon portrait craché, en quelque sorte.

Le jour de la photo, je crois que Jean aurait donné ses écuries et sa vieille jument Reine pour galoper à ma place. Mais ses fichus rhumatismes le clouent au sol…

3 h 16. Tchao les souvenirs ! J'éteins.

– Ralentis ! tonne une voix sèche sous mon crâne.

L'encolure de Som, poissée de sueur, fait glisser mes doigts sur les rênes. Son corps, tendu à craquer entre mes mollets, ne me répond plus. Mon cheval s'est emballé et rien ne pourra l'arrêter. Ni ma longue expérience de cavalière, ni les avertissements furieux de Jean, ni…

Le martèlement des sabots a subitement cessé. Le sable de la carrière a envahi mes yeux. Noir complet. Som, étourdi par sa chute, se relève péniblement.

---

1. Cheval castré.

70

– Inexcusable, il galopait à faux[2] ! a tempêté grand-père. Et tu n'as rien vu venir !

J'ai avalé ma salive. La seule chose que je voyais venir, c'était un forfait.

– Tu n'es pas prête pour le concours, Doris...

Voilà un bon mois que je me prépare sans relâche pour cette épreuve de saut qui rassemble, à la fin de l'été, les meilleurs cavaliers de la région. Après tant d'efforts, m'en priver serait injuste. Mais quand mon grand-père s'emporte, il est prudent de ne pas le contrarier. Alors j'ai reconduit Som trempé à l'écurie et j'ai pleuré dans le satin rêche de ses crins.

– Pff ! a-t-il soufflé sur ma joue.

– Ouais... nous deux, on sera prêts dans trois semaines, hein ?

– Pff ! a-t-il soufflé à nouveau dans mon cou.

Je l'ai enlacé. Puis j'ai éternué à cause de ses poils qui me chatouillaient le nez.

Sur cette image apaisante, je me sens sombrer dans le sommeil.

« Dors, Doris, dors... »

Bien sûr. Tout de suite.

---

2. Lors d'un galop à faux, le mouvement des jambes avant et arrière du cheval est mal coordonné.

- 2 -

Malgré ma nuit mouvementée, je chantonne en me dirigeant vers l'écurie :

— Balzane[3] un, cheval de rien, balzane deux, cheval de gueux, balzane trois...

Som passe une tête curieuse au-dessus de la porte de son box.

— ... cheval de roi ! Tout comme toi... dis-je en le poussant pour entrer dans le box.

Plus intéressé par le contenu de mes poches que par mes compliments, il frémit d'impatience.

— Voilà tes carottes, goinfre ! Après, balade en forêt pour changer de la carrière. Mais ensuite, on y retourne, gonflés à bloc pour épater Jean !

— Brrr, ronfle-t-il en mâchonnant.

Une demi-heure plus tard, nous filons en direction de la Châtaigneraie. Ce matin, profitant de l'absence de Jean, j'ai laissé la selle à l'écurie. Monter à cru, ça tanne les fesses, mais je m'en moque : le plaisir de me sentir tout contre Som, de faire corps avec lui plutôt qu'avec un bout de cuir, vaut bien quelques sacrifices.

Dès que nous dépassons la barrière des arbres, il trottine. Ses oreilles sont dressées, ses naseaux dilatés... je reçois son message cinq sur cinq. Puisqu'il n'y a personne en vue, autant en profiter.

---

3. « Chaussette » de poils blancs située aux extrémités des jambes d'un cheval.

— Au galop !

Penchée en avant, le visage cinglé par sa longue crinière flottante, je me laisse emporter, grisée par la vitesse. Brindilles et herbes folles volent sur notre passage. À gauche, à droite, les buissons défilent en travelling accéléré. Vite, toujours plus vite.

Soudain, l'imprévisible.

Surgi de la forêt, un chien déboule devant nous. Je tire violemment sur les rênes en hurlant :

— Nooon !!!

À cette allure, le choc semble inévitable… Paniqué, mon cheval fait un brusque écart. Je voltige par-dessus sa croupe et chute brutalement aux pieds d'un garçon assis sur un rocher. Engoncé dans une chemise rouge vif, il porte de grosses lunettes noires sur le nez.

— Coffi, Coffi ! appelle-t-il sans bouger.

Étourdie, endolorie, je dresse un poing agressif :

— Tu peux pas le tenir, ton clébard ?

Puis, me mettant debout, je hèle à mon tour :

— Som !?

Un hennissement tout proche me répond. Encadrée de verdure, la tête de mon hongre apparaît, un brin de fougère en travers du mors.

— Ça va, mon beau ? dis-je en m'approchant de lui.

Je me colle contre sa robe mouillée et l'inspecte avec soin. Je passe une paume légère sur ses membres et le fais marcher avec précaution. Il ne boîte pas. Plus de peur que de mal, comme on dit.

– Où est Coffi ?

La voix du garçon sonne comme un reproche. Tirant ma monture par la bride, je reviens vers lui, résistant au désir de lui envoyer un « Cherche-le toi-même ! »

Car, c'est incroyable : il n'a pas bougé d'un pouce !

– J'sais pas ! Et tu pourrais enlever tes lunettes pour me parler !

Il les soulève lentement dans un petit sourire triste. Je sens le sol tanguer sous mes pieds. Je pâlis et baisse la tête sur mes bottes avant de marmonner :

– Par… pardon.

Une honte cramoisie embrase mes pommettes. Lui ne peut pas la voir. Il est aveugle.

Un lourd silence, à peine troublé par le bruit des mâchoires de mon cheval, se creuse entre nous. Mortifiée, j'affirme avec autant d'aplomb que possible :

– Te bile pas, je vais le retrouver.

J'enfourche Som avec peine. Celui-ci, ravi de prolonger la balade, repart avec entrain. Mais là, plus question de galoper. C'est au pas que nous battons les fourrés. Heureusement, nous n'avons pas à chercher bien loin : le chien, tapi sous un buisson, nous toise d'un air méfiant. Je descends de mon cheval, le saisis par le collier et préviens à tue-tête :

– Je l'ai ! Il n'a rien !

Une heure plus tard, Som a mangé de l'herbe pour un mois et je me suis fait deux copains. Le premier, Coffi le labrador, débarrassé de son harnais de chien d'aveugle, gambade gaiement entre les jarrets de ma monture. Le second, Renaud, plus réservé, préfère se tenir à l'écart. Dès que Som s'approche de lui en broutant, il a un mouvement de recul. Aurait-il peur des chevaux ? Je le lui demanderai plus tard… J'ai été suffisamment désagréable pour ne pas, en plus, me montrer indiscrète. Ce que je sais de lui tient pour l'instant en quelques phrases : l'année, il est pensionnaire à Clermont dans un institut pour malvoyants ; il retrouve sa mère pendant les week-ends et les vacances, ce qui ne semble pas le charmer. Et comme elle vient d'acheter la maison à côté des Bouleaux, nous voilà voisins. Sinon, il a un solide sens de l'humour et pas un brin de rancune. Tant mieux pour moi.

Tout compte fait, cette journée commence bien. Elle devrait se poursuivre de même, puisque Renaud a accepté de passer à la ferme cet après-midi.

– Ça me changera du jardin et de la chaise longue, soupire-t-il.

Embarrassée, je tournicote une mèche de crins, alors que Som, repu et pressé de repartir, me mordille la veste.

– Faut que je file, Jean va s'inquiéter. Je te raccompagne ?

– Merci. Coffi connaît le chemin.

– Sûr ? C'est pas… euh… dangereux ?

À peine ce mot échappé, je regrette. Fronçant les sourcils, Renaud me rétorque rudement :

– Imite pas ma mère, Doris. Si je l'écoutais, je ne ferais plus rien. Évite plutôt de galoper trop vite pour rentrer entière…

Il a raison. Je rejoindrai la ferme au petit trot. Peu importe que ça déplaise à ma fringante monture : de nous deux, c'est encore moi qui décide.

- 3 -

Des flocons d'écume échappés de la bouche de Som volettent sur mon pantalon. En appui sur les étriers, les mains effleurant son pelage humide, j'inspire son odeur musquée. Si seulement elle pouvait me faire oublier les élancements doulou-reux – souvenirs de ma chute du matin – qui trans-percent mon dos et crispent mes muscles !

– Détends-toi ! commande Jean au centre de la carrière, son chien Todd à ses pieds.

Je grimace. Comme grand-père ignore tout de mon escapade en forêt, je me vois mal lui raconter mes « exploits » en détails…

– Ton buste ! poursuit-il plus haut. Tu gênes ton cheval !

Je sais. La souffrance me raidit comme un manche à balai, me forçant à vaciller d'avant en arrière telle une débutante. Som, peu habitué à cette position qui lui scie les reins, a troqué sa docilité habituelle contre un énervement croissant.

« Qu'est-ce qui t'arrive, Doris ? » semblent marteler ses sabots dans le sable. « Tu m'agaces ! » semblent me dire ses yeux noirs remplis de reproches.

— Tout doux… dis-je, en lui flattant l'épaule.

Aucun résultat. Plus agité que jamais, il couche les oreilles en signe de révolte.

— L'obstacle, à droite ! braille Jean.

Je braque, dents serrées. En plein virage, mon regard accroche, l'espace d'une seconde, deux silhouettes qui avancent de front sur le ruban de la route. Som s'arrache du sol une foulée trop tôt. Alors qu'il plane au-dessus des barres, mes fesses heurtent violemment le cuir granuleux de la selle.

— N'importe quoi ! vocifère mon grand-père en envoyant valser sa casquette.

Son cri rageur s'évanouit dans le vent tandis que, sur la route, les deux silhouettes continuent de se rapprocher.

— Recommence !

L'ordre a la sécheresse d'un claquement de fouet.

— Tout doux, mon beau…

Ma prière se perd dans un fracas de barres renversées. Le coude me brûle à l'endroit où j'ai heurté le montant de l'obstacle. Som, soudain apaisé, s'arrête net et me regarde d'un œil ahuri.

— Nom de nom… marmotte Jean. Tu t'es blessée, Dodo ?

— M'appelle pas comme ça !

La phrase reste bloquée dans mon gosier. Todd s'est élancé sur la route. Droit sur les deux arrivants qui, ayant perçu de furieux éclats de voix, se sont sentis de trop dans ce cours manqué. Après une rapide volte-face, ils s'éloignent à la hâte.

— Ce garçon avec son chien, tu le connais ?

J'enfouis mon visage dans une marée de crins brillants.

— Il venait te voir, peut-être ?

Recroquevillée sur Som, pétrissant son garrot de mes ongles rongés, je bafouille :

— Renaud, il est venu pour moi… mais pas pour me *voir*… Il est aveugle, Jean.

La suite se noie dans un sanglot mouillé de poils.

Les lèvres de mon grand-père s'arrondissent de stupeur. Puis elles s'épanouissent dans un immense sourire craquelé de rides.

— Quelle importance ? Moi, je suis bien infirme… ou presque !

Clic clac, clic clac. Le trot cadencé résonne sèchement sur le bitume. Renaud, arrêté sur le bord de la route, tourne ses lunettes vers nous. M'efforçant de couvrir le cliquetis des fers, je crie :

— Attends-moi !

Penché sur le harnais de Coffi, sur le point de battre en retraite, il hésite.

— S'il te plaît !

Finalement, c'est l'insistance de Som qui a eu raison de lui. À peine parvenu à sa hauteur, mon cheval lui a décoché un gentil coup de tête dans le dos, reniflé la nuque à petites bouffées, léchouillé la chemise d'une langue râpeuse et conclu le tout par un hennissement sonore.

– Tu peux pas le tenir, ton bourrin qui me fiche les chocottes ? s'est plaint Renaud, faussement bourru.

– Nan ! Pas envie.

- 4 -

Le réveil me nargue ; il est déjà 2 h 16.

« Dors, Doris, dors… »

Ce soir comme hier, rien à faire. Ma chambre a ouvert sa porte à l'insomnie qui me poursuit, nuit après nuit, entrechoquant mes pensées dans une valse folle. Noire, comme le tourbillon qui m'aspire. Noire, comme la robe de Som, les cheveux et les lunettes de Renaud. Noire, comme la couleur de sa vie, en fait. Ni grise ni obscure, mais noire.

Comment vit-on avec des yeux morts ? Impossible à imaginer, même dans mon pire cauchemar.

Je frissonne.

Pour empêcher mon esprit de dériver, je me repasse les événements de la journée :

– N'aie pas peur…

– J'ai pas peur, j'ai la trouille, nuance ! Et, en plus, ça pue le crottin dans ce box…

– Tchh ! a commenté Som, vexé.

– OK, ça sent à peine… a corrigé Renaud en avançant une main timide. Je peux te caresser ? Hé, cachottière, tu ne m'avais pas prévenu… C'est moelleux, le poil de canasson ! Je lui tripote quoi, là ?

– Le postérieur gauche.

– Quoi ? La patte arrière ! a-t-il glapi en reculant. Celle qui peut m'étaler contre la porte d'une seule ruade…

– Som ne ferait jamais ça !

– Tu me rassures… ment-il. J'ai rien contre les chevaux, crois-moi. Pour le peu que j'en connais, je te dirais même que je les aime bien. Mais mets-toi à ma place : pour moi, ces bestioles, elles sont trop grandes, trop nerveuses, trop…

– Je sais… Reine, voilà la solution !

– Reine ? a-t-il répété, éberlué, tandis que je le traînais avec Coffi au fond des écuries.

– Oui, Reine. Calme, gentille, aussi petite qu'un double poney !

– Super, je ne demande qu'à voir…

Ignorant l'ironie grinçante de sa remarque, j'ai ouvert le box en restant volontairement derrière la porte. Du coup, c'est lui qui s'est trouvé face à la jument. Aussitôt attirée par sa présence, elle s'est approchée dans un bruissement de paille en ron-flant des naseaux.

– Pourquoi elle fait ça ? a-t-il grelotté, cram-ponné à son chien. Elle ne va pas me mordre, hein ?

– Mais non ! Entre !

Il a pris une longue inspiration avant d'esquisser un pas maladroit. Reine, pas du tout troublée par l'appréhension fébrile de mon ami, a incliné sa grosse tête en signe de bienvenue. Puis, comme si elle comprenait ses craintes et souhaitait les effacer, elle a posé son chanfrein contre sa poitrine.

Le visage de Renaud s'est illuminé dans un sourire si radieux que ma gorge s'est brusquement serrée.

– Je crois qu'on va s'entendre, nous deux, a-t-il murmuré en caressant l'encolure de Reine.

– Dans ce cas, reviens demain ! Après le cours de Jean, on la baladera en longe : ça lui fera du bien de sortir un peu.

– À moi aussi, a-t-il ajouté. Mais, pour en profiter, j'ai intérêt à tenir ma langue.

– Et pourquoi, mon garçon ?

La voix puissante de Jean, fusant soudain de la sellerie, nous a fait sursauter comme deux voleurs.

– Ma mère… elle m'interdit tout ce qui pourrait être dangereux. À mon avis, les chevaux font partie de sa liste.

– Cette jument, je l'ai dressée moi-même et tu ne risques rien avec elle. Je pourrai lui expliquer, si tu veux.

– C'est gentil, mais vaut mieux pas, a grommelé Renaud en s'écartant de Reine à contrecœur.

- 5 -

Un soleil matinal joue à cache-cache entre les châtaigniers. Des herbes folles me chatouillent le menton. Allongée à côté de Coffi, je regarde Renaud conduire Reine à la longe. Amolli par la chaleur, mon esprit divague : le concours qui se rapproche, la forme éclatante de Som, le changement radical de Renaud… Fini le garçon timide qui tremblait devant les « bestioles trop grandes et trop nerveuses ». Au fil de ses visites aux Bouleaux, il a pris confiance en lui et conquis celle de Reine, à force de patience et de cajoleries. Résultat : de complices, ils sont devenus amis, puis inséparables. Dopée par l'affection de Renaud, la vieille jument qui prenait racine devant son râtelier a retrouvé une seconde jeunesse : à peine sa ration du matin engloutie, elle attend. Oreilles et prunelles en alerte, attentive au moindre bruit, le nez pointé sur la porte de l'écurie, elle guette. Et dès que Renaud et son chien arrivent, elle piaffe comme une pouliche, ronflant des naseaux plus fort que jamais.

Pour un peu, Jean en serait jaloux. Il n'est pas habitué à partager l'amour de sa bête avec un « inconnu », mon grand-père... Mais, trop content de la métamorphose de mon ami, il a insisté (encore plus que moi !) pour qu'il s'occupe d'elle. Au début, ce n'était pas évident... Renaud, sur la défensive, se bornait à lui grattouiller le poil. Ensuite, il s'est enhardi à lui donner du sucre. Au moment où les naseaux duvetés, légers comme un souffle, ont taquiné sa paume ouverte, il a levé un sourcil, ravi.

— C'est doux comme de la soie, a-t-il murmuré en piochant une autre friandise dans sa poche.

Enfin, il a accepté de la brosser, à condition qu'elle soit attachée à la fenêtre du box.

— D'accord, ai-je rétorqué, mais c'est toi qui lui mets le licol.

— Seul, je n'y arriverai pas, a-t-il protesté.

— Essaye, au lieu de râler.

Râler. J'ai employé ce mot exprès. Car s'il se plaint volontiers de sa mère, trop envahissante à son goût et toujours prête à lui épargner le moindre effort, l'attitude passive qu'il adopte face aux situations délicates finit par lui donner raison...

La qualité la plus remarquable de Reine, c'est sa jugeote. Pas évident de deviner ce que Renaud comptait faire, les doigts empêtrés dans le licol. Mais elle, elle a pigé et, sans plus tarder, y a fourré son nez. Je l'ai remerciée d'une bourrade.

— Dis, Doris… Pourquoi t'as appelé ton cheval Som ?

Cette question me tire de ma rêverie et me prend tellement au dépourvu que, sans prévenir, un torrent de larmes afflue sous mes cils.

— Je trouvais ça joli. Pas toi ?

Feindre avec Renaud, c'est comme demander à Reine de sauter deux mètres : impossible. S'il ne peut pas voir, mon ami est doué d'un sixième sens qui ne tombe jamais en panne. Le silence qui suit me le prouve une fois de plus.

— Som est un diminutif, dis-je en comprimant le flot qui menace de déborder. Le vrai nom de mon cheval, c'est Insomnie.

Pas de réponse. Contrainte par le silence à dévider le rouleau de mes souvenirs, je commence d'une voix heurtée :

— Tu t'es déjà demandé pourquoi je vis aux Bouleaux ?

Renaud reste muet.

— Il y a six ans, j'étais en vacances ici. Jean m'apprenait à monter Reine, et moi, j'adorais ça. Galoper en cachette, la doucher, la panser, la soigner, la bichonner, la nourrir. Tout allait bien jusqu'à ce que… une nuit, le téléphone sonne. Mes parents avaient eu un accident de voiture. Ils sont morts tous les deux. Depuis, j'ai peur. Du téléphone. De mes cauchemars. Mon grand-père, complètement dépassé, a fait ce qu'il a pu : il m'a offert un cheval. Et ce cheval…

– Ravagée par tes angoisses, tu l'as baptisé Insomnie, alias Som, achève-t-il en cherchant ma joue.

Sa paume hésitante balaie mes larmes.

– La nuit, le noir, je te jure qu'on peut vivre avec, Dodo…

Dans sa bouche, le surnom que je hais prend une saveur étrange. Comme si, soudain, je pouvais faire la paix avec lui. Ou avec la trouille qui, chaque soir, me ronge les tripes.

– Je t'apprendrai, Dodo, mais à une condition, chuchote-t-il malicieusement.

– Laquelle ?

– Que tu m'aides à poser les fesses sur Reine.

– Tu veux… la monter ? fais-je, abasourdie.

Un rayon de soleil, capturé par ses verres teintés, me renvoie un éclat de défi.

Faire grimper Renaud sur la jument est l'affaire d'une petite minute.

« Ne te crispe pas, desserre les genoux, tiens la crinière. » Mes conseils, il s'en fiche. Trop excité pour m'écouter, trop occupé à goûter la sensation de ses jambes nues contre les flancs chauds, il s'exclame en boucle :

– Waouh ! Waouh !

Ajouté aux gémissements aigus d'un Coffi apeuré, ça fait un sacré boucan. Mais cela n'empêche pas Reine, stoïque, de défricher tranquillement l'herbe de la Châtaigneraie.

Un quart d'heure plus tard, le calme est revenu. Renaud, fièrement perché sur sa monture, est disposé à me parler :

— C'était comment, ta première fois à cheval ?

— Formidable. Pour me faire descendre, il aurait fallu me faire tomber. Et je me suis cassée la figure… Mais le cheval, c'est comme le vélo : tu chutes, tu remontes. Sinon, tu prends peur et les bêtes le sentent.

— Donc… quand j'avais les jetons, Reine l'a ressenti ?

— Sûrement.

La réaction de Renaud me cloue au sol. Loin de frissonner comme je l'aurais cru, il lâche soudain la crinière, se penche, enlace l'encolure de la jument et lui chuchote :

— Ma mignonne, ma belle…

Et Reine, comme sensible à ses compliments, se rengorge dans un hennissement satisfait.

Le sentiment d'être de trop me serre soudain le cœur. Finalement, on dirait que Renaud a moins besoin de moi que je ne l'imaginais. Il m'aime bien, sans doute. Mais peut-être moins que Reine…

— Merci, Doris.

Son ton grave brise net le fil désagréable de mes pensées.

– Ce que tu fais pour moi, personne ne l'a fait. Mon père a quitté la maison, il y a si longtemps que ça ne compte plus. Ma mère s'angoisse et me prive de tout – pour mon bien, je sais. Avec toi, c'est le contraire : tu me pousses, tu me bouges… et ça, ça n'a pas de prix.

Le soleil allume un reflet doré dans la tignasse de mon ami. La jument tire doucement sur sa longe.

Je suis heureuse.

- 6 -

Depuis le baptême équestre de Renaud, mes journées filent au triple galop. Chaque matin, il m'apprend à affronter le noir qui me vole mon sommeil. Une heure entière, je dois garder les yeux fermés et me déplacer à tâtons. Ensuite, avec la permission de Jean, je lui apprends à monter. Ou plutôt à communiquer avec sa monture. À se servir de sa voix et de son corps pour s'en faire comprendre puis obéir. Très doué, mon ami progresse à vitesse grand V. Je ne me défends pas mal non plus : hier, j'ai réussi à m'endormir avant deux heures du matin. Un record.

Mes après-midi, je les consacre à Som – en compagnie de Renaud, s'il parvient à convaincre sa mère de le laisser ressortir. Soins, pansage, câlins et friandises, voilà le programme : détendu côté box et intensif côté carrière. Car à présent, plus question de mollir : le concours, c'est dans deux jours.

Comment aurais-je pu soupçonner qu'une catastrophe allait tout gâcher ?

Campée dans la carrière, dos à la route, j'admire le calme et la maîtrise de mon « élève ». Avec son accord, j'ai détaché la longe qui me permettait de diriger Reine à sa place. Maintenant que plus rien ne nous relie, il ne peut compter que sur lui-même – et sur la complicité qui l'unit à la jument. Claquement de langue, pression des doigts… elle lui répond au quart de tour. Et moi, j'applaudis. Pour créer une entente aussi parfaite avec un cheval, il faut beaucoup de temps et d'expérience. Renaud, qui n'a eu ni l'un ni l'autre, me donne là une sacrée leçon.

Une portière de voiture claque. Un piétinement pressé retentit, suivi d'un appel furieux qui me vrille les tympans :

– RENAUD !

Une femme en tailleur gris, écarlate de colère, pousse à la volée le vantail de la carrière.

Elle a la même apparence fragile que mon ami. Les mêmes cheveux noirs. Le même front bombé. Les mêmes sourcils énergiques. C'est sa mère.

L'évidence me tombe dessus comme une énorme claque. Je voudrais me lever et lui faire face. Je voudrais la supplier de ne plus crier. Mais mes muscles tétanisés refusent de bouger.

Renaud, subitement figé, se mord les lèvres jusqu'au sang.

Seule Reine, indifférente au drame, continue tranquillement à arpenter le sable.

La femme, gênée par sa jupe étroite et ses hauts talons, se précipite vers moi en zigzaguant.

– Folle, inconsciente, irresponsable ! crache-t-elle à chaque pas.

Effrayée, honteuse, je bredouille une excuse minable. Je récolte en échange un geste de mépris.

– Descends ! ordonne-t-elle à son fils.

Un concert d'aboiements couvre son ordre sans réplique. Coffi, suivi de Todd, jaillit dans la cour. À la vue de sa maîtresse, le premier couine de joie. Le second, en fidèle gardien, jappe pour donner l'alerte. Som, alerté par le tapage, tambourine contre la porte de son box.

– Descends, je te dis !

Elle a beau s'égosiller, Renaud fait la sourde oreille. En sueur, pâle comme un linge, il encourage Reine à aller de l'avant. Elle, comme si elle le soutenait, aligne un pas, puis un autre, puis encore un autre, arquant l'encolure sous la tempête.

– Que se passe-t-il, ici ?

La haute silhouette de mon grand-père en bleu de travail, les bottes souillées de crottin, se rapproche à larges enjambées. Négligeant son interpellation, la mère de Renaud attrape la bride de Reine pour la forcer à s'arrêter.

En un éclair, Jean a compris.

– Tais-toi, ne t'en mêle pas, me chuchote-t-il à l'oreille, déjà fatigué de la dispute à venir.

– C'est vous qui avez autorisé mon fils…

Sa voix aiguë suffoque d'indignation :

– Vous vous rendez compte, au moins ?

« Bien sûr qu'il s'en rend compte ! dois-je me retenir de jeter. Les chevaux, il les connaît cent fois mieux que vous, coincée dans votre tailleur... »

La main de Jean esquisse un geste d'impuissance avant de se poser sur le genou de mon ami.

– Pied à terre, mon garçon ! murmure-t-il.

Muet, défait, Renaud s'agrippe désespérément à la jument en faisant non de la tête. Une boule dure de tristesse et de hargne mêlées me déchire la gorge :

– Comment peux-tu nous faire ça ? dis-je, en regardant Jean droit dans les yeux.

Repoussant le bras que lui tend sa mère, Renaud, vaincu, se laisse glisser sur le sol.

Entre mes larmes, le visage de mon grand-père me semble alors très vieux.

5 h 38. Nuit blanche. Dès que le sommeil menace de m'emporter, je revois les traits douloureux de Renaud, le pli amer de son front, la veine gonflée qui battait à sa tempe. Quand il est descendu, sa mère – madame Avril, comme je l'appris par la suite – a voulu l'attirer vers elle. Mais, sans un mot, il s'est blotti contre sa monture en lui tournant le dos. Si elle a encaissé la rebuffade sans broncher, elle n'a pu contrôler le tremblement de sa bouche. Du coup, malgré son tailleur et son brushing impeccables, elle avait l'air pitoyable.

– Venez à la maison, a proposé Jean avec tact.

Contre toute attente, elle l'a suivi.

C'est dans les écuries que Renaud a craqué. Cramponné à Reine, l'étreignant, l'embrassant, il hoquetait :

– Je ne pourrai plus venir… je ne pourrai plus venir…

J'aurais souhaité lui affirmer qu'il se trompait, que sa mère changerait d'avis, que Jean arrangerait ça… mais je n'y croyais pas. J'ai reculé à pas de souris et poussé la porte pour le laisser seul avec la jument. Leurs adieux n'avaient pas besoin de moi.

Injuste. La vie est injuste. Madame Avril est injuste. Face à elle, mon grand-père a fait ce qu'il a pu, c'est-à-dire très peu. Tout ce qu'il a réussi à lui arracher, c'est la vague promesse de repasser aux Bouleaux un de ces jours avec Renaud. En clair, jamais.

– Dodo, donne à Reine des sucres pour moi… Prends bien soin d'elle, m'a-t-il imploré avant de monter en voiture.

Et tandis que le véhicule démarrait, il a ajouté :

– Bonne chance pour le concours ! Tu seras la meilleure…

J'ai failli lui hurler que ça m'était égal. Cette compétition que j'ai attendue une partie de l'été, désormais, je m'en fous.

Derrière les volets de ma chambre, la nuit bat en retraite.

Est-ce si dangereux d'aimer un cheval, de s'occuper de lui, de le monter quand on est aveugle ? Depuis le premier jour, j'ai toujours évité cette question.

À présent, il faut que je sache.

L'odeur du foin et du crottin me pique le nez. Dérangé en plein sommeil, Som m'accueille d'un grommellement boudeur en me présentant sa croupe. Puis, appâté par mes poches, il entreprend une volte-face pour les flairer de près. Dépité de constater qu'elles sont vides, il accepte le mors et la selle dans un soupir. Trop préoccupée pour le dorloter comme de coutume, je me mets vite en selle : les minutes sont comptées avant que Jean ne se réveille. S'il me surprenait à sortir aussi tôt, s'il devinait ce que j'ai l'intention de faire, il me renverrait sans appel à la maison.

Ainsi que je l'espérais, la Châtaigneraie est déserte. Tendue, fiévreuse, je m'oblige à rester calme pour ne pas troubler mon cheval. Mais lui qui me connaît par cœur n'est pas dupe : à l'affût du moindre de mes gestes, il perçoit bien que cette promenade n'est pas comme les autres. Et, loin de caracoler sur les chemins, il marche lentement.

« Ferme les yeux. Respire. » Le moment est venu de suivre à la lettre les conseils de Renaud.

Les arbres, les broussailles, la piste de terre, l'encolure et la nuque de Som s'effacent. Privée de la vue, le monde qui m'entoure prend une autre dimension. Menaçante. Grisante aussi. Des senteurs confuses me montent aux narines : bois humide sous la rosée, herbes broyées par le pas élastique de Som, odeur entêtante de ses poils perlés de sueur… Des bruits auxquels je ne prêtais aucune attention me frappent les oreilles : cris d'oiseaux entre les branches, frôlement des fougères sur les jambes de mon cheval, grincement du mors, frottement de mes bottes contre les étrivières… chuintement des rênes que j'abandonne.

– Fonce, mon beau !

Son corps ramassé se détend d'un bloc, me projetant en arrière. Vite, j'arrondis le dos pour affermir mon assiette. Les fesses collées à la selle, les mains sur le pommeau[4], je sens mon cœur cabrioler dans ma poitrine. Le galop de ma monture est comme un manège furieux qui m'entraîne dans ses tourbillons. Le grondement de ses sabots me monte à la tête comme un roulement de tambour. Le vent de la vitesse plaque mes cheveux sur mon front brûlant, rafraîchissant ma peau en feu.

Jamais de ma vie je n'ai éprouvé une telle sensation.

Pendant que Som, trempé et hors d'haleine, ralentit, je me promets de faire un jour partager mon expérience à Renaud. Que sa mère le veuille ou non : si moi, je peux galoper dans le noir qui me terrifie, je suis certaine que mon ami, qui a apprivoisé l'obscurité depuis bien longtemps, s'en sortira aussi bien. Beaucoup mieux que moi,

---

4. Partie relevée à l'avant de la selle.

même. L'important, c'est que je sois là pour l'accompagner, le guider, le soutenir.

- 7 -

Dans les écuries, c'est la débandade. Jean ramasse à la pelle le sac de granulés qu'il vient de renverser ; Som affamé réclame sa ration du matin en donnant des coups de sabot dans sa porte ; gênée par Todd qui se jette dans mes jambes, je cours dans tous les sens pour rassembler mes affaires et le matériel de pansage.

– Tu pouvais pas y penser hier, non ? s'emporte Jean, de plus en plus nerveux à mesure que les minutes s'écoulent. On est en retard ! À ce train-là, on va rater le concours !

« Et après ? C'est pas ce qui fera revenir Renaud », ironise ma petite voix intérieure, aussitôt grondée par une autre qui lui réplique : « Si toi tu t'en moques, ton grand-père, lui, souhaite que tu gagnes, et il n'a pas économisé sa peine. Rester debout avec ses rhumatismes pour assurer tes leçons, tu crois que ça l'a amusé ? »

J'enfourne brosses et cure-pieds dans un sac. Depuis deux jours, je n'ai eu aucune nouvelle de Renaud. Je me sens désespérément seule, tout comme Reine qui, l'oreille basse, l'œil terne, a replongé dans son apathie à force de guetter en vain son ami.

On est enfin sur le lieu du concours. Som, perturbé par la présence des autres chevaux et la musique déversée par les haut-parleurs, lance des regards fébriles sur la carrière hérissée d'obstacles. Il y en a quinze, pas moins, et le dernier, un oxer[5] redoutable, a de quoi l'inquiéter. Des barres comme celles-ci, il en a sauté bien peu aux Bouleaux...

— Du calme, mon beau...

Oubliant ma peine, je m'emploie à le rassurer, tel que je le ferais pour un poulain craintif. Je lui flatte le ventre, j'attire sa tête vers mon visage et lui susurre des mots apaisants avant de le harnacher avec douceur.

— Prête, Doris ? questionne Jean en me tendant mon dossard.

Sanglée dans mon pantalon beige immaculé et ma veste noire, j'acquiesce.

— Mets ta bombe, on y va.

Une bouffée de chaleur me fouette soudain les joues. Je dois m'appuyer contre ma monture pour ne pas chanceler. Enfin, j'articule d'une voix blanche :

— Je l'ai oubliée... à la ferme... dans la sellerie.

Jean a un temps de recul avant d'exploser de colère.

— C'est pas vrai ! Pas possible ! fulmine-t-il.

---

5. Obstacle double dont les deux barres supérieures sont plus ou moins écartées.

Je lutte contre une terrible envie d'éclater en sanglots. Ou de me gifler pour avoir été aussi distraite. Nous savons tous les deux ce que cet oubli signifie : sans casque de protection, aucun cavalier n'est autorisé à concourir.

À cause de moi, nous sommes venus ici pour rien.

Mon grand-père s'éloigne d'un air rageur. Sûrement pour avertir les organisateurs que je déclare forfait avant même d'avoir approché la ligne de départ. Cet échec... Renaud... c'en est trop. Je m'effondre en pleurs sur l'épaule de Som. Mais, pour une fois, ni sa présence bienveillante ni ses vigoureux coups de langue ne sont capables de me consoler.

– Arrête, Dodo, je t'en prie !

Jean me pose un truc sur la tête et me redresse d'une accolade.

– J'ai emprunté cette bombe à un cavalier. Elle te va ?

Non, elle ne me va pas. Elle est beaucoup trop large pour ma petite tête de mule.

– Je vais arranger ça, affirme-t-il en fouillant l'intérieur du van[6].

Quelques minutes plus tard, il a bourré la bombe de coton et, miracle, elle est enfin à ma taille. Une dernière caresse à mon cheval et me voilà en selle.

------

6. Camion pour transporter les chevaux.

- 8 -

Le début du parcours se déroule comme dans un rêve : Som et moi, en parfaite harmonie, volons sur les obstacles sans en accrocher un seul. Mais au moment de négocier un tournant difficile, il trébuche. Ballottée, à moitié désarçonnée, je m'appuie sur les étriers pour récupérer mon équilibre, cherchant par réflexe Jean installé au premier rang du public. Je le repère tout de suite. Et, sous la surprise qui me coupe le souffle, manque de finir en roulé-boulé sur le sable.

Un profil sec penché sur une tignasse en désordre, une paire de grosses lunettes teintées, un tailleur gris, une chemise rouge vif… je ne me trompe pas. C'est Renaud, encadré par sa mère et mon grand-père.

Une joie sauvage éclate dans mon ventre. Je contrains mon cheval à presser l'allure pour franchir la rivière. Passage réussi. Aucune faute pour l'instant et plus que trois barres : nous sommes en course pour les premières places.

« Ne crie jamais victoire trop vite. » Une des phrases favorites de Jean prend alors tout son sens. Tandis que Som franchit l'avant-dernière barre, un rideau opaque heurte mes paupières et s'abat sur mes yeux. Malmené par les sauts, le rembourrage de fortune de la bombe a glissé à l'arrière de mon crâne, bloquant le casque sur mon nez. Les sensations aiguës de mon premier galop dans le noir déferlent en trombe : cavalcade

des sabots, impression de virevolter dans les airs…

Un sourire frôle mes lèvres. Je lance au jugé mon cheval sur l'oxer. Une foulée, deux, trois. Les muscles de Som se contractent. Je devine qu'il va prendre son appel et accompagne son mouvement.

Nous filons vers l'arrivée sous les acclamations de la foule.

Je sors de la carrière en arrachant ma bombe. Postée derrière la barrière, la mère de Renaud me couve d'un œil étonné. Mon ami, rouge d'émotion, les carreaux embués, m'accueille avec un tonitruant :

– Je te l'avais dit, tu es la meilleure !

Jean m'aide à descendre et m'attire dans ses bras. Je me dégage gentiment et, me tournant vers Mme Avril, je lâche :

– Ma victoire, c'est à votre fils que je la dois.

J'attrape le poignet de Renaud et je le serre en un remerciement muet.

Sa mère, interloquée, reste un instant silencieuse, puis s'empêtre dans une phrase qui n'en finit pas :

– Doris… je voulais vous demander… j'ai réfléchi…

– Ladvina et moi avons pas mal discuté… entame Jean, volant à sa rescousse. Et, après avoir pesé le pour et le contre, elle a changé d'avis : Renaud pourra revenir à la ferme et s'occuper de Reine jusqu'à la rentrée. À condition, toutefois, qu'il ne soit jamais seul avec la jument.

Trop sidérée pour prononcer le moindre mot, je reste figée comme une statue.

Mon ami, rayonnant de bonheur, m'attire contre lui et me chuchote en douce :

— Maman m'a commenté ton tour de force en direct. Pour quelqu'un qui a la frousse du noir, tu t'es comportée en vraie championne, Dodo ! Va falloir que tu me remettes à niveau... On attaque demain par une visite à ma bestiole préférée ?

SOS Humains

de Katherine Quenot
illustré par Jean Trolley

À Igor, Matthieu et Arthur

Lorsqu'il ouvrit les yeux après le choc, la première chose que fit Maat fut d'écarter délicatement deux mèches de sa crinière rousse. Il trouva sous ses doigts le renfoncement de la plaquette-mémoire de musique qui était incrustée dans sa boîte crânienne et pianota le code. Instantanément, le métal lourd des Die All Together se diffusa entre ses oreilles.

— Tout va bien… soupira le garçon.

Il rencontra le regard de ses deux copains qui se

tâtaient la tête, eux aussi. Soudain, ils éclatèrent de rire en même temps, un rire légèrement hystérique.

– On dirait que nous nous sommes pris une petite météorite sur le coin du nez, commenta encore Maat en essuyant la condensation sur le hublot.

D'un même élan, les trois garçons se penchèrent pour scruter le paysage. Gomm ouvrit des yeux ronds.

– Hé, les gars ! Nous avons atterri sur un tas de sable ! Mais où sommes-nous ?

– Au paradis des enfants ! répondit tranquillement Maat. Moi qui avais envie de faire des pâtés depuis le début du voyage…

– Mais je croyais que tout accident était impossible ! protesta Igo. Des clous, oui ! On est dans de beaux draps, les gars… Vu que ce vaisseau traverse les années-lumière en courbant et en pliant l'espace devant lui, il suffit qu'on se soit déporté d'un seul millimètre pour qu'on ait atterri à l'autre bout de l'univers.

L'astronef commençait à retentir de cris et de pleurs d'enfants. Les trois adolescents voyageaient en effet avec une colonie de vacances. On ne leur avait trouvé que ces places pour rejoindre la planète Lelor où était programmé un concert historique des Die All Together – le groupe ne s'était pas produit depuis juillet 3004, c'est-à-dire quinze ans.

Neutralisant son champ magnétique de sécurité, Maat se retourna sur son siège. Les enfants sautaient dans tous les sens comme des poissons pris dans un filet.

– Où sont passées les nounous de service ? Un peu de calme là-dedans, tonna le garçon, ou j'utilise ma hache à phosphore !

Instantanément, les enfants se rassirent à leur place et se turent. Les trois garçons se mirent en quête des robots-moniteurs qui encadraient la colonie.

Après quelques minutes, ils les trouvèrent sagement assis à leur place, à l'avant du vaisseau. Leur écran cathodique était neigeux et, dès qu'Igo les eut libérés de leur champ de sécurité, ils s'effondrèrent sur eux-mêmes dans un grincement sinistre.

– C'est pas solide, ces petites bêtes… souffla Maat en ponctuant sa phrase d'un coup de pied dans le moniteur métallique.

– *Quelle est votre question ? Quelle est votre question ?* grésilla l'appareil.

– Nom de la planète où nous avons atterri, demanda Maat. Y a-t-il une atmosphère ? De l'eau ? Des êtres humains ?

– Des filles ? ajouta Gomm.

Mais le robot semblait trop endommagé pour répondre.

– Je sais comment le faire parler, dit Maat qui décocha un nouveau coup de pied.

Les garçons eurent bientôt une idée de leur situation et de celle de la vingtaine de gamins qu'ils allaient avoir sur le dos pendant un temps indéterminé.

– C'est parfaitement clair, résuma Maat. Nous nous trouvons sur la planète ZVZ 75, juste après ZVZ 74 et avant ZVZ 76, dans la galaxie des Crêtes. Cette galaxie se trouve à des millions d'années-lumière de notre bonne vieille Voie lactée, c'est-à-dire très très loin de la Terre… ZVZ 75 est éclairée par deux étoiles naines et dispose d'eau sous forme d'océans, ainsi que d'une atmosphère compatible avec la vie, bien qu'aucune civilisation intelligente n'ait eu la bonne idée de s'y développer. La population la plus abondante de ce lieu de délices est constituée par des… chevaux !

Ils sortirent tous les trois du vaisseau, laissant les enfants prostrés sur leurs sièges. Gomm avait fait preuve de grandeur d'âme : il était allé voir chacun d'eux pour vérifier qu'il ne soit pas blessé. En fait, Igo était le seul à avoir souffert du crash : une vilaine plaie à la jambe, due à la hache à phosphore de Maat. Le choc avait enflammé l'arme brièvement, annulant l'effet protecteur du champ magnétique.

À la sortie du sas, ils s'immobilisèrent, interdits. Les deux soleils de la planète descendaient vers l'horizon, jetant des lueurs orangées sur le sable rose. On apercevait au loin les éclairs argentés de la mer, tels des fragments de cristal tombés du firmament. Le ciel ne ressemblait pas à ce qu'ils connaissaient : il était lisse et pâle comme un grand miroir, et réfléchissait ce qui se passait au sol. Les garçons aperçurent distinctement leurs silhouettes glissant dans le ciel, comme des nuages. Perplexes, ils contemplèrent ce spectacle magnifique. Puis, s'entraînant l'un l'autre, ils descendirent l'échelle et mirent le pied sur le sable.

Soudain, Gomm partit en détalant, les bras moulinant l'air et criant à tue-tête :

— Où sont les filles ? Où sont les filles ?

Mais il s'arrêta net. Un bruit de tonnerre grondait au loin. Maat et Igo jetèrent un coup d'œil par-dessus leur épaule. Tous les enfants s'étaient rassemblés derrière eux.

— Ce sont les chevaux, affirma une petite fille.

— Oui, les chevaux, approuvèrent ses camarades.

Maat se demanda brièvement comment ils pouvaient savoir cela, puis son attention revint au grondement qui approchait, qui grandissait si fort que l'air en vibrait. Un nuage noir, étrangement lumineux, apparut à l'horizon. Il monta rapidement tel un cyclone. Ce nuage devint énorme sous le ciel qui se mit à briller comme un casque de fer. Gomm battit prudemment en retraite vers l'astronef. Le bruit devint assourdissant. Quelque chose allait sûrement éclater : l'air, le ciel, ou simplement les tympans des naufragés… Alors, soudain, traversant les nuées de sable soulevées par les sabots, le troupeau de chevaux apparut. Les animaux s'immobilisèrent sur leurs jarrets à une vingtaine de mètres du vaisseau. Les enfants se figèrent également. Tous les équidés étaient noirs, du premier au dernier, mais leurs crins fluorescents les auréolaient d'une lumière magnétique.

Ce fut Gomm qui rompit le silence :

— Pourquoi s'arrêtent-ils devant nous ? dit-il d'une voix creuse. Vous croyez qu'ils veulent nous bouffer ?

— Mais non, lui répondit Maat avec un gloussement, les chevaux sont végétariens !

— Sur Terre, précisa Igo, l'estomac serré. Ceux-là sont peut-être carnivores. Je ne sais pas pourquoi, mais j'ai l'impression qu'ils sont attirés par moi…

Les chevaux ne bougeaient toujours pas ; ils se contentaient de scruter leurs visiteurs, comme s'ils les passaient au scanner. Un étalon plus grand que ses compagnons se trouvait en tête du cortège. Il était entouré de juments fines et gracieuses, escortées de leurs poulains de tous âges, collés à leurs flancs. Les robes de ces chevaux n'étaient pas si noires qu'elles en avaient l'air. À vrai dire, on avait la curieuse impression qu'elles s'éclaircissaient.

Maat perçut soudain l'incroyable silence qui les entourait.

— Qu'est-ce qu'ils ont à nous regarder comme ça, sans rien dire ? fit-il en se sentant devenir nerveux.

Il allait porter la main à sa tête pour déclencher la musique, quand la voix d'un petit garçon s'éleva :

— Ils ne peuvent pas hennir. Ce sont des chevaux muets.

Maat se retourna.

— Comment le sais-tu ?

— Tu vois bien qu'ils ne parlent pas !

— Bon, soupira Maat, d'un air agacé, qu'est-ce qu'on fait maintenant ? Ce ne sont pas eux qui vont nous aider à…

Il s'interrompit en voyant la stupeur se peindre sur le visage de son interlocuteur. Il fit alors volte-face et resta bouche bée à son tour. Les chevaux avaient complètement changé de couleur. Ils avaient continué à s'éclaircir au point de devenir blancs. Blancs comme neige, avec des crins qui flottaient au vent comme des voiles de mariées.

— Ça alors !

À peine Maat avait-il parlé qu'un choc sourd retentit derrière lui. Igo venait de s'affaisser sur le sable, évanoui.

Les chevaux se mirent à avancer. Fascinés, les enfants les regardaient s'approcher sans crainte. Ce n'était pas le cas de Maat et de Gomm, qui étaient persuadés qu'ils allaient se faire piétiner.

— Vite, dans le vaisseau ! cria Maat. Prends Igo par les pieds, je le tiens par les bras. Allez, les mômes, on dégage !

Igo reprit ses esprits au moment où ses amis le soulevaient. Il vit les chevaux à quelques mètres, comme suspendus en l'air par leur crinière et leur queue. Leur robe et leurs crins n'étaient déjà plus blancs, mais cendrés, une couleur qu'Igo associa au souci. Puis Maat et Gomm trébuchèrent, le laissant retomber à terre. Les trois garçons se trouvaient à présent si près des chevaux qu'ils sentaient la chaleur puissante émaner de leurs flancs ; Igo s'évanouit de nouveau. Un cheval poussa Maat de la tête, un autre s'avança vers Gomm pour le faire reculer. De grandes dents saisirent Igo par son tee-shirt et son pantalon, et les chevaux l'attirèrent vers eux en s'éloignant.

Maat et Gomm se précipitèrent aussitôt pour porter secours à leur ami, mais une muraille de grands corps sauvages enfermait Igo. La silhouette longiligne du garçon disparut dans des tourbillons de sable.

Maat et Gomm s'élancèrent à leur poursuite, mais ils furent rapidement hors d'haleine et durent s'arrêter. Les seules courses qu'ils avaient jamais disputées étaient des rallyes de motos spatiales sur la Lune, le satellite de leur planète natale. Gomm hurla que ces chevaux étaient des cannibales, après quoi il se jeta sur le sol en martelant le sable de ses poings. Levant les yeux vers le ciel, Maat aperçut le reflet d'une masse multicolore derrière lui. Les enfants les avaient suivis. La petite fille qui lui avait parlé tout à l'heure s'avança en tirant sur ses nattes d'un air songeur.

– Les chevaux sont gentils, dit-elle. Ils ne vont pas faire de mal à votre ami. Ils vont le guérir.

– Tu lis dans leurs pensées pour nous dire ces bêtises ? vociféra Maat.

Ces propos semblèrent troubler la petite fille qui réfléchit quelques instants.

– Non, dit-elle finalement. Ce sont eux qui parlent dans les nôtres.

Quand la troupe de chevaux lâcha enfin Igo, plusieurs heures s'étaient écoulées. Gomm et Maat avaient jeté leurs plaquettes de musique, en signe de deuil. Ils ne parlaient pas. Ils étaient restés immobiles pendant tout ce temps, à observer la meute compacte en train de digérer sa proie. Les deux garçons s'avançaient maintenant sur le terrain que les animaux, redevenus d'une blancheur immaculée, quittaient lentement pour aller brouter un peu plus loin.

Les deux amis parvinrent au sommet d'une petite colline, d'où ils aperçurent un cours d'eau en contrebas. Igo gisait là, à demi recouvert par l'eau de la rivière.

– Ils l'ont noyé ! hurla Gomm. Je le savais ! Ils nous haïssent… Ils haïssent les humains. Ils se vengent de la manière dont nous les traitons sur Terre.

– Comment le sauraient-ils ? demanda sèchement Maat.

– Ils l'ont lu dans nos pensées, je parie que la gamine a raison. Quand je les ai vus, je n'ai pas pu m'empêcher de penser aux steaks de chevaux que ma mère me fait de temps en temps. Et j'ai senti que ça ne leur plaisait pas…

– Je vais les exterminer, décida Maat en levant sa hache.

Mais il la rabaissa aussitôt. D'un geste de la main, Igo leur faisait signe d'approcher.

Seules sa tête et sa poitrine émergeaient de l'eau. Le garçon pataugeait dans le courant en affichant un air béat.

— Hé, les gars, vous savez quoi ? s'écria-t-il en montrant sa jambe. Les canassons m'ont traîné là parce que cette eau guérit les blessures !

L'énorme enflure qui déformait auparavant le mollet d'Igo avait en effet disparu, et les bords de la plaie étaient quasiment suturés.

— Qu'en dites-vous ? fit le blessé en rabaissant sa jambe. Des canassons qui sauvent un extraterrestre !

Il éclata d'un rire joyeux et reprit :

— Parce que nous sommes des extraterrestres pour eux, faut pas croire ! Et c'est pas tout, continua-t-il, de plus en plus excité, je vous signale que ces chevaux sont télépathes. Vous connaissez la théorie des girafes ? Elles ont été obligées d'allonger leur cou pour pouvoir atteindre les branches les plus hautes. Eh bien, c'est pareil pour ces chevaux. Leur larynx a subi une dégénérescence à la suite d'un événement cosmique qui a émis de fortes radiations ; ils ont donc appris à communiquer par la pensée.

— D'où sors-tu ça ? s'exclama Gomm, ahuri.

— Je l'ai deviné. Enfin, disons que les chevaux me l'ont soufflé, conclut Igo d'un ton triomphant.

Il y eut un grand silence. Il était difficilement admissible que des animaux soient capables de réaliser ce que les humains n'avaient jamais réussi.

— Et pourquoi changent-ils de couleur ? interrogea Gomm.

— C'est selon leur humeur. Humeur noire : couleur noire. Humeur claire : couleur claire. Quand ils nous ont vu arriver, ils ont eu très peur, alors ils se sont assombris. Puis ils se sont aperçus qu'on était des êtres sympathiques, surtout moi, et ils sont redevenus blancs !

Les trois garçons se tournèrent pensivement vers les chevaux qui paissaient autour d'eux, nimbés d'un halo diffus. Gomm intercepta le regard d'une petite pouliche : deux beaux yeux doux qui semblaient sonder son âme. Il s'imagina galoper sur son dos. Ce devait être le paradis. C'est alors que la pouliche se détacha du groupe. Sa crinière dessina une ombre qui balaya le ciel.

— Elle vient me voir, fit le garçon d'une voix sourde. Je me suis imaginé sur son dos et elle vient me trouver…

La pouliche s'arrêta devant Gomm. Celui-ci se tourna vers ses copains, fier comme un coq.

— Elle est venue parce que je le voulais ! Elle a lu dans mes pensées. C'est trop génial ! C'est mieux que…

— Mieux que les filles ? interrogea Maat sournoisement.

Gomm posa sa main sur le poil soyeux de la jument.

— Mieux que les filles, tu l'as dit. J'en ai ras le bol des filles. Impossible de savoir ce qu'elles ont dans la tête. Communiquer par la pensée, c'est ce dont j'ai toujours rêvé.

Il prit un air inspiré.

– Je crois que ça valait le coup de rater le concert des Die All Together, finalement !

Maat eut un mouvement de recul.

– Tu plaisantes, j'espère ? Je ne veux pas prendre racine ici, moi ! Je veux retrouver mon petit chez moi et ma moto Zack. Désolé de vous décevoir, les gars, mais ça m'est parfaitement égal de discuter avec des canassons. Je communique très bien avec ma moto, ça me suffit ! Allez, on retourne dans le vaisseau pour voir comment on peut se tirer d'ici…

– Mais tout est cassé et les robots sont morts ! protesta Gomm.

Igo ne suivait plus la conversation. Il venait de remarquer une belle jument qui allongeait le pas vers lui. Quand elle appuya sa tête contre sa main, le garçon eut l'impression d'être touché par la grâce divine.

– Vous savez ce que je pense, les gars ? s'écria-t-il. En fait, je ne le pense pas, je le *ressens*. Non seulement ces chevaux sont télépathes, mais en plus ils ont envie de devenir nos amis.

– La théorie des girafes, ricana Maat. Ils ont peur de ma hache, donc ils filent doux.

– Non, rectifia Igo. C'est parce qu'ils sont contents de notre visite. Ce doit être génial pour eux de communiquer avec des créatures intelligentes.

Maat, dubitatif, donna un coup de pied dans le sable.

– Eh bien, moi, je n'y crois pas. Je rentre au

vaisseau pour essayer d'activer le programme d'auto-réparation.

– Comme tu veux, opina Gomm. Nous, on va faire un tour. Tu viens Igo ?

Comme s'ils comprenaient ces paroles, les deux chevaux se mirent en marche au même instant.

– T'as vu ça, Maat ? fit Igo. La preuve qu'ils communiquent avec nous !

– Allez, Maat, encouragea Gomm, choisis-en un ! Arrête de faire bande à part !

Apercevant une ombre dans le ciel, Maat leva la tête. Un bruit de sabots résonna derrière lui et il sentit une tête s'appuyer amicalement sur son épaule. Il tressaillit. C'était l'étalon, le chef de la troupe !

– Bon, dit Maat. À dada.

Chacun des rescapés avait son cheval attitré quand les deux soleils de ZVZ 75 se couchèrent quelques heures plus tard. Il y avait suffisamment de poulains pour les plus petits, et les chevaux un peu grands étaient naturellement allés vers les enfants les plus âgés.

Pour offrir à leurs cavaliers une monture de plain-pied, les bêtes plièrent leurs jambes de devant et se couchèrent. Aucun des garçons n'avait déjà fait d'équitation, mais toute technique était superflue, et les rênes n'étaient pas nécessaires, puisque le cheval devinait où son cavalier voulait aller. De même, l'allure des chevaux était si ajustée que les cavaliers n'avaient pas besoin de rétablir leur équilibre. Si on penchait un peu trop sur le côté, la monture vous ramenait sur son dos d'un mouvement de rein suffisamment léger pour ne pas vous faire basculer de l'autre côté. En fait, il suffisait de se tenir à la crinière ou même de passer les bras autour de l'encolure du cheval, et de se laisser porter par le mouvement.

Les animaux avaient immédiatement adopté un long galop souple qui faisait chanter le sable. Même Maat ne rencontra aucune difficulté à chevaucher son grand étalon. Heureux comme un roi, il paradait, une tête au-dessus des autres, avec la sensation d'être assis sur un trône.

Ce fut une nuit magique. Grâce aux crinières fluorescentes des chevaux qui se reflétaient dans le ciel, on y voyait clair comme par une nuit terrienne de pleine lune. Il avait d'abord été question de dormir dans le vaisseau, mais personne n'en avait très envie. Les chevaux s'étaient donc couchés en rond pour offrir la protection et la chaleur de leurs flancs. Tous les enfants, sans exception, du plus petit au plus grand, se firent la réflexion, alors que leurs yeux se fermaient, qu'ils pouvaient rester là longtemps, le temps que la Terre mettrait à les retrouver. C'était comme si un voile d'oubli se déposait sur leur esprit, comme si ce ciel en miroir au-dessus de leur tête effaçait tout…

Au petit matin, quand les soleils réapparurent, l'air était gorgé d'eau et les deux disques orange se multipliaient à l'infini sur la voûte céleste. Maat

admirait le spectacle en se disant que ça ressemblait vaguement aux verres de cristal colorés que ses parents s'étaient achetés pour leur anniversaire de mariage. Ce produit était vendu dans les boutiques luxueuses de Grand Valley, aux États-Unis, d'où était parti le vaisseau… Parti quand ? Maat avait l'impression d'être là depuis tellement longtemps…

Il parcourut du regard ce curieux mélange de corps humains et d'animaux endormis. Le pelage des chevaux était resté d'un blanc lumineux, ce qui semblait être leur tonalité la plus fréquente. Maat jeta un coup d'œil à ses deux copains qui se réveillaient. Leur estomac criait famine. Tous trois se frayèrent un chemin entre les grandes croupes et gagnèrent l'astronef.

Le résultat de la visite ne fut pas très fructueux. Les enfants avaient englouti toutes les provisions. Il ne restait que quelques biscuits aux protéines qu'ils liquidèrent en une demi-seconde. En redescendant du vaisseau, Gomm cueillit une petite plante qui avait trouvé le moyen de pousser pendant la nuit sur l'un des barreaux de l'échelle. Après tout, c'était ce que mangeaient les chevaux !

— Pas mauvais, dit-il. Vous voulez essayer ?

— Non merci. Moi, j'aime la nourriture animale, rétorqua Maat.

Le garçon se tut brusquement. Son regard venait de tomber sur le spectacle d'un poulain en train de téter sa mère. Il se gratta le menton d'un air pensif.

— Qu'est-ce que tu as en tête, Maat ? interrogea Gomm en fronçant les sourcils.

— Voilà de la nourriture animale ! s'écria Maat.

— Tu ne vas pas manger un poulain, tout de même ?! s'indigna Gomm.

Maat se mit à rire.

— Tu me prends pour un sauvage ? Je pensais simplement au lait de la jument. Ma mère m'en donnait quand j'étais petit. C'est ça qui m'a rendu si beau… Venez, on va les traire !

Petit à petit, la survie des naufragés s'organisa. À vrai dire, il y avait peu de problèmes. Les chevaux connaissaient les sources pour se désaltérer et, outre le lait de jument, il y avait des crustacés délicieux, des poissons en abondance et des fruits exotiques qui poussaient dans la palmeraie, au-delà de la steppe. Par ailleurs, le temps était doux : ni trop chaud, ni trop froid. Question activité, on ne s'ennuyait pas non plus. Les journées étaient bien remplies entre les promenades à cheval, la cueillette, la pêche et la préparation des repas. Et, surtout, les rescapés consacraient de nombreuses heures à leur passion numéro deux après l'équitation : les conversations avec les chevaux, pour savoir enfin ce que pensaient les animaux.

Certains se demandaient s'ils croyaient en Dieu, en l'homme, en Pégase. S'ils avaient une religion, une philosophie, un rêve, des espoirs. D'autres voulaient savoir d'où ils venaient, s'ils avaient de tout temps habité cette planète et si, par hasard, ils connaissaient la Voie lactée. D'autres encore avaient envie que les chevaux leur disent s'ils communiquaient également avec les crustacés, les poissons, et peut-être les plantes. S'ils auraient aimé être des humains. S'ils ne s'ennuyaient pas. S'ils savaient qu'ils allaient mourir un jour et s'ils en avaient peur. À moins, peut-être, qu'ils ne soient éternels…

C'était surtout le soir, après le dîner, que les questions fusaient. Si les parents de ce petit groupe d'humains perdu au fond de l'univers étaient arrivés à l'improviste, ils auraient été très étonnés de voir leurs enfants assis sagement en rond aux côtés des chevaux.

Après avoir fait rêver les enfants sur leurs mœurs, les chevaux les interrogeaient à leur tour.

Le groupe s'animait alors un peu plus. Comme on ne pouvait rien cacher aux animaux, il fallait parler de tout : des courses hippiques, du dressage et même des steaks de cheval... Il arrivait que les chevaux devinssent noirs, ce qui effrayait beaucoup les enfants. « Le cheval est la plus noble conquête de l'homme », s'empressaient-ils de déclarer. Et, bien que leurs amis ne hennissent pas, il semblait alors aux rescapés entendre un grand rire secouer leur crinière.

La pouliche de Gomm s'appelait Amy. Elle lui avait communiqué son nom en le regardant au fond des yeux. Cela tombait bien qu'elle s'appelle Amy, car c'était le nom d'une fille qui lui plaisait à l'école. La pouliche d'Igo s'appelait Leeloo, comme le cochon d'Inde de sa grande sœur, et Maat fut content de savoir que son bel étalon répondait au nom de Zack, comme sa moto. D'une certaine manière, les enfants se sentaient davantage chez eux sur ce bout de monde que sur la Terre, surtout les garçons... Bien qu'étant les plus âgés du groupe, ils n'étaient pas les plus responsables. C'étaient les petits qui, de leur propre initiative, avaient rangé le vaisseau, mis de côté ce qui pouvait être utile au campement, trouvé un moyen de faire cuire les poissons, et même organisé un service de nettoyage.

Et ce fut des petits aussi que vint l'envie de repartir...

Depuis un bon moment déjà, les rescapés évitaient soigneusement les abords du vaisseau. En fait, même s'ils passaient à côté, ils ne le voyaient plus. La végétation avait poussé de manière sidérante depuis leur naufrage. À présent, une forêt d'arbustes formait un renflement de verdure, le long de la plage.

La petite fille aux nattes devina un beau jour comment s'était produit le phénomène. Alors qu'elle se promenait sur le dos de son poulain Voltige, elle le sentit soudain pris de faiblesse. Son cheval avait faim. Il s'arrêta. La fillette étudia les alentours avec perplexité. Il n'y avait aucune plante. Elle commença à trouver le temps long. Le poulain ne réagissait plus, son esprit était fermé. Que pouvait-il attendre?

Elle le comprit au bout d'un moment. Non par télépathie, mais en observant ce qui se passait. L'esprit de Voltige n'était pas fermé, il était seulement concentré sur une opération qui nécessitait le recrutement de toutes ses forces mentales. La fillette vit une minuscule pousse verte apparaître dans le sable, entre les sabots de sa monture, et il ne fallut que quelques instants pour que la croissance de la plante fût achevée. Le poulain mangea avec appétit sa denrée, avant de reprendre tranquillement son chemin et de renouer contact avec sa cavalière.

Un peu plus loin, le cheval stoppa de nouveau mais, cette fois-ci, ce ne fut pas pour faire surgir une graminée du sol. Voltige était inquiet. Il percevait l'enchaînement des idées qui s'était mis en marche dans l'esprit de sa cavalière. Si les chevaux pouvaient agir mentalement sur les plantes, résonnait la fillette, c'étaient donc eux qui avaient fait pousser la végétation autour du vaisseau. Ils avaient agi ainsi pour que les enfants oublient d'où ils venaient et qu'ils restent à jamais avec eux.

Pris au piège de la télépathie, le poulain ne pouvait démentir. L'enfant savait qu'elle ne se trompait pas. Voltige regrettait d'avoir cédé à la faim malgré les mises en garde de l'étalon, mais il était trop tard. Une faille allait déchirer la confiance installée entre les humains et les chevaux. Le cœur lourd et effrayé, songeant aux conséquences de son acte et à la fureur de l'étalon, le poulain, devenu noir d'ébène, perçut l'immense nostalgie qui avait envahi l'enfant : le souvenir d'une mère aux doux bras, d'un père au regard solide, et de tout ce qu'elle avait quitté, qui était son monde et qu'elle voulait soudain retrouver.

À l'image de cette petite graminée qui avait poussé dans le sable, la tristesse ne toucha d'abord que la fillette, puis elle se mit à croître et à donner des graines. Les graines se dispersèrent au vent, elles formèrent des pousses qui, elles-mêmes, se propagèrent. Bientôt, un sentiment pernicieux prit corps dans la colonie des enfants, à l'image de la forêt née de l'esprit des chevaux.

Si les enfants étaient tristes, les chevaux l'étaient aussi. Ceux-ci devenaient de plus en plus sombres, au propre comme au figuré. Ils ne pouvaient rien faire contre cette mélancolie. Il n'y avait pas d'antidote. Elle était venue brusquement, presque par inadvertance, et elle poursuivait son œuvre jusque dans leur propre cœur : la tristesse de ces petits humains était aussi la leur.

Seuls Igo, Maat et Gomm échappaient à ce voile qui recouvrait chaque jour un peu plus les esprits des enfants. Les trois garçons défiaient les lois du temps en s'interdisant de penser que celui-ci s'écoulait. Finis l'école, les tracas, les contraintes, tous ces problèmes que les humains doivent affronter, qu'ils habitent sur Terre ou sur une colonie quelconque de la Voie lactée.

Pour vivre dans leur bulle coûte que coûte, les adolescents cessèrent de fréquenter les petits, qui leur faisaient une impression désagréable. Ils avaient leur propre autonomie et leurs propres activités. Ils se réveillaient tard puis, après avoir mangé des fruits, passaient l'après-midi dans l'eau et se faisaient sécher par le vent du galop.

Ce jour-là, assis aux pieds de leurs montures, les trois garçons savouraient la caresse des soleils sur leur peau, après un bain de mer dans des eaux merveilleusement chaudes.

Maat admirait Zack, son bel étalon, à qui la couleur noire allait si bien. Il s'apprêtait à proposer une course à ses copains. Il aimait beaucoup les courses, car il était sûr de les gagner : son étalon était le plus fort. Gomm et Igo n'en prenaient pas ombrage. Seule comptait l'ivresse de filer dans le vent, de filer comme le vent.

Soudain, les chevaux dressèrent l'oreille.

Tournant la tête, les garçons aperçurent la silhouette hirsute d'une robe qui étincelait au loin. Ils reconnurent Voltige, la monture de la petite fille aux nattes.

— Qu'est-ce qu'elle veut ? fit Maat, gagné par un sombre pressentiment.

Son étalon donnait des signes de nervosité. La lumière noire qu'il diffusait accrut d'intensité. Maat se mit en empathie avec son cheval.

— Ce n'est pas elle qui veut quelque chose, reprit-il. C'est Voltige.

Le poulain fondait sur eux au galop, le nez en l'air, la queue électrique et la crinière emmêlée. Quand il parvint devant les trois cavaliers qui s'étaient précipitamment mis debout, il s'arrêta net, faisant voler du sable dans les yeux des garçons. La fillette descendit de sa monture. Elle avait l'air dans tous ses états.

— Je ne peux rien y faire ! Il veut prendre la place de Zack à la tête du troupeau !

Les garçons se regardèrent, la gorge sèche. Zack commençait à tournoyer sur place. Il se dressa devant Amy et Leeloo, obligeant les deux juments à reculer. Il était l'étalon : le maître et seigneur des femelles !

Le prétendant au titre le prit au mot. Donnant un grand coup de son postérieur à l'étalon, il prit sa place près des juments. Après quoi, il fit un tour sur lui-même, de manière à se placer face à son adversaire pour lui barrer la route.

Les deux chevaux s'affrontèrent du regard.

Voltige n'était pas aussi grand que Zack, mais ses jarrets semblaient montés sur des ressorts. Qui plus est, il dégageait une terrible odeur de haine qui vous glaçait le sang. Cette odeur sembla contaminer le paysage où les enfants avaient vécu tant de jours nonchalants. La plage devint démesurément vide, la mer se fit sournoise, le ciel de cristal ne refléta plus que de la méchanceté. Et les deux soleils éclairèrent soudain trop vivement cette scène, comme une image surexposée insupportable à regarder.

Quand les deux furies se jetèrent l'une contre l'autre, les trois garçons et la petite fille étaient déjà partis, laissant derrière eux les bruits de croupades et de ronflements.

— Il est temps de quitter cette planète, murmura l'enfant.

— Oui, mais comment ? fit Gomm d'une voix couverte.

— Je ne sais pas.

Personne ne savait. En fait, il n'y avait aucun moyen. Loin derrière eux, mais assez près pour les avoir entendus, les chevaux cessèrent de se battre.

Ce soir-là, les naufragés de l'espace se taillèrent un chemin dans la végétation pour accéder à l'échelle du vaisseau. Peut-être espéraient-ils qu'en s'installant dans leurs sièges, à leur place, celui-ci allait redémarrer. Il y avait en tout cas le sentiment réconfortant de se retrouver un peu chez soi. Ils se préparèrent à passer la nuit là, espérant contre toute raison que ce serait la dernière.

Assis côte à côte, les trois garçons demeuraient silencieux.

– On va se réveiller, fit Igo d'une voix cotonneuse, et on sera dans notre lit. C'est juste un rêve…

– Tu parles ! railla Maat.

– Qu'est-ce qu'on va faire demain ? demanda Gomm.

Personne ne lui répondit. Maat avait une réponse, mais il la gardait pour lui. Il tâta sur son flanc sa hache à phosphore. Faire tout flamber. Disparaître. Oublier.

Le petit matin trouva le garçon, le poing toujours crispé sur son arme. Il se réveilla en sursaut. Igo et Gomm dormaient encore ; leurs visages avaient les traits tirés.

« C'est le moment », se dit-il.

Obéissant à une envie irrépressible, il se dirigea vers le sas pour essayer d'apercevoir une dernière fois son bel étalon. Poussant la paroi pivotante, il cligna des yeux, ébloui. Les deux soleils dardaient tous leurs rayons sur l'astronef. Maat rouvrit les paupières avec effort. Un cri s'étouffa dans sa gorge. Il n'y avait plus l'ombre d'un arbre ! Toute la végétation avait flétri pendant la nuit.

Comme il baissait les yeux, il eut un nouveau sursaut de surprise. Les chevaux étaient tous rassemblés au pied du vaisseau, couchés sur le flanc, immobiles. Leurs crins n'émettaient plus aucune lueur. Leurs robes arboraient des teintes indéfinies.

Maat commença à descendre les barreaux de l'échelle. Au fur et à mesure de sa progression, un sentiment horrible le gagnait. Il avait l'impression que les chevaux étaient morts.

Cette impression s'accentua et, quand il parvint sur le sable, elle se transforma en certitude. Les membres raides et les yeux fixes, les animaux ne voyaient plus les deux étoiles jumelles de leur planète natale. Le cœur de Maat se serra encore plus fort. Il venait d'apercevoir Zack, recroquevillé dans un coin. Il sursauta. La voix d'Igo résonnait en haut du vaisseau.

– Que s'est-il passé, Maat ? On dirait qu'ils se sont suicidés !

L'adolescent ne répondit pas. Il venait de voir son cheval bouger. En quelques enjambées, il fut près de lui. Les larmes jaillirent de ses yeux. Zack n'était pas encore mort. Le cheval ouvrit une paupière et son bel œil doux se posa sur Maat. Le garçon sentit qu'il employait son dernier souffle d'énergie pour lui parler. Alors, il ouvrit tout grand son esprit pour l'écouter.

– Vous savez, dit-il d'une voix étranglée à ses amis, quand ceux-ci le rejoignirent après la mort du cheval, ils ne se sont pas suicidés. Ils se sont sacrifiés. Ils ont donné tout ce qu'ils pouvaient pour venir à notre secours…

Quelques heures plus tard, un vaisseau venait chercher ces petits terriens qu'on croyait perdus à jamais. Aucun des astronautes de Grand Valley ne connaissait la nature de cette intelligence extraterrestre qui possédait assez de force mentale pour leur avoir adressé cet appel à travers les années-lumière. La veille, tous en même temps, ils avaient ressenti une sorte de voix qui leur parlait au fond d'eux. Cet appel télépathique tenait en quelques mots : « Planète ZVZ 75. SOS Humains. »

Arkle

de Viviane Claus
illustré par Bruno Bazile

Salut, je m'appelle Arkle – prononcez « Arkel » –, et je vis en Irlande dans une ferme très agréable. Je suis un cheval de trait, un beau percheron à la robe gris pommelé. Mes propriétaires, une famille sympathique, se rendent chaque année à la grande foire de Ballinasloe, où tous les maquignons du pays se retrouvent pour vendre leurs chevaux.

Jusque-là, rien à dire, même si, depuis ma naissance, j'ai dû me séparer d'un certain nombre de mes copains d'écurie. Seulement, cette fois-ci, ce que je craignais a fini par arriver : c'est sur ma pomme que le couperet est tombé ! Vous l'avez compris, c'est moi qu'on a décidé de vendre. Pourquoi ? Je l'ignore. Je fais pourtant bien mon travail et je ne me suis jamais plaint de rien. En plus, je suis heureux ici : je connais chaque membre de la famille et j'ai quasiment vu naître les plus jeunes enfants.

Cette année, c'est Christopher, l'aîné, qui est chargé de la grande mission de la foire. Pour la première fois, il part seul, sans son père, et il est très excité par l'aventure. Il a prévu de me monter jusqu'à Ballinasloe, et de revenir en bus après la transaction. Du haut de ses seize ans, il se prend pour un adulte, mais ce n'est encore qu'un gamin.

— Alors, tu es prêt, Christopher ? Il faut y aller maintenant.

— Oui, papa. Et Arkle ?

— Il est fin prêt, lui aussi. Va embrasser ta mère. Tu te souviens de toutes les recommandations que je t'ai faites ? Tu as bien ton itinéraire ? Les adresses des haltes pour la nuit ? Tu te rappelles ce que je t'ai expliqué pour le marchandage et…

— Oui, oui, papa. De toute façon, je t'ai vu faire si souvent. Et n'oublie pas que tu as devant toi un futur comédien.

— C'est ça ! On en reparlera. Va chercher ton sac.

Quel ton désinvolte ! Sûr de lui, le p'tit gars. Pas d'état d'âme. Même pas triste de vendre son cheval, son vieux compagnon de jeux. L'ingratitude de la jeunesse n'a pas de limite…

Pour ma part, je ne peux m'empêcher de laisser affluer les souvenirs des bons moments passés ensemble. C'est quand même avec moi qu'il a pris ses premières leçons d'équitation ! Et il y en a de mémorables ; comme la fois où il s'est retourné vers ses parents, tout fier de ses prouesses équestres, sans voir la branche qui lui arrivait dessus. Il a été un peu sonné, mais pas trop, parce que j'ai eu le réflexe de ralentir l'allure. Et celle où, passant à côté d'un pommier, il a voulu attraper un fruit et s'est retrouvé dans les airs, accroché à l'arbre, pendant que je continuais tout seul sur quelques mètres avant de le récupérer. Qu'est-ce qu'on a rigolé ! Je ne peux pas croire qu'il ait oublié tout ça…

Bon, nous y voilà, ils sont tous là pour saluer notre départ : le père, la mère et les deux petites sœurs. J'ai le cœur serré. Ils ont beau me caresser et me dire des gentillesses, ça ne prend pas. Quels hypocrites ! S'ils m'aiment tant que ça, pourquoi veulent-ils se débarrasser de moi ? « Il ne faut pas changer un cheval borgne contre un cheval aveugle[1]. » Ah oui, j'ai omis de dire que je suis un animal cultivé : je connais des tas de proverbes. Ce n'est pas parce qu'on est né dans une écurie qu'on ne s'intéresse pas au reste du monde.

---

1. Extrait de *La Comédie des proverbes* d'Adrien de Montluc (dramaturge français).

Et hop ! Notre jeune héros vient de sauter sur mon dos. Il tire sur les rênes pour m'indiquer qu'il est temps d'aller de l'avant. Comme je suis une bonne bête, j'obéis, après un dernier coup d'œil à mon ancienne vie. On n'a jamais vu un cheval pleurer, n'est-ce pas ? Alors, allons-y.

– Ça y est, Arkle, on est partis. À nous la grande vie ! plastronne mon jeune maître.

Je me retourne légèrement afin d'apercevoir une dernière fois les silhouettes de ma famille préférée. Ils sont encore là, petits points au bout de la route, à agiter les bras en signe d'adieu.

– Qu'est-ce que tu as, à remuer la tête dans tous les sens ? À cette allure, on n'est pas près d'arriver.

Je renâcle et tire sur le mors.

– Hé, qu'est-ce qui t'arrive, mon grand ? J'ai besoin de calme pour réfléchir à mes arguments de vente, moi.

Ce discours ne me plaît pas du tout. Je rue et m'arrête net. Mon p'tit gars a presque failli glisser à bas de sa monture. Je rigole sous cape.

– Non mais, ça va pas la tête ? s'exclame-t-il.

Hé ! Hé ! Je crois qu'il a eu un peu peur. La preuve, il continue à râler :

– Je rêve ou quoi ? Je te rappelle que les chevaux irlandais sont réputés pour leur grande docilité. Tu n'as jamais fait de caprices jusqu'à présent, alors ce n'est pas le moment de commencer. J'ai des responsabilités, moi.

Moi, moi, toujours moi… Ah, si je pouvais parler, je lui en remontrerais à ce jeune prétentieux.

Allez, ça ira pour cette fois, je reprends mon pas tranquille.

« Mes arguments de vente ». Il se la joue, notre apprenti comédien ! Je sais bien ce que cache son enthousiasme. Il a hâte de jouir de sa liberté toute neuve, loin des parents. Il va pouvoir sortir le soir et faire toutes sortes de bêtises, sans personne pour le surveiller. Mais ça n'excuse pas sa légèreté. Je lui en veux d'être aussi insensible, et je n'ai pas l'intention de lui faciliter les choses…

Quelques heures plus tard, nous arrivons en vue d'une ferme. D'après ce que j'ai compris, c'est notre première halte. Christopher salue le paysan et me conduit vers l'écurie, où il me donne à boire et à manger. On ne se repose qu'une heure avant de repartir.

Mon cavalier est tout de même sympa : lorsque c'est possible, il me fait emprunter les chemins de traverse afin d'éviter la grand-route, celle qui relie Dublin à Galway, car elle est trop dangereuse. Il connaît ma crainte des voitures. À mon avis, il a surtout peur que je fasse un écart, et alors, Dieu seul sait ce qui pourrait arriver. Mais je ne vais pas m'en plaindre. On va pouvoir profiter au maximum des prés et des lacs, si nombreux ici. C'est chouette, l'air est doux et il ne pleut pas. J'ai horreur de la pluie et, quand on vit dans ce pays, c'est quand même une calamité.

J'avance au pas. On est seuls, en pleine nature, et on rêvasse tranquillement. Je peux marcher des heures sans me fatiguer. Un bon argument pour mon vendeur en herbe. Tiens, en parlant d'herbe, ça me donne une idée. Je connais des plantes bizarres qui rendent un peu malade, si vous voyez ce que je veux dire… Enfin, qui donnent un peu la diarrhée, quoi. Rien de bien méchant, mais si j'en broutais, ça nous retarderait dans notre périple. Ce serait marrant d'arriver une fois la foire terminée. J'en hennis de plaisir.

– Attends une minute, Arkle, que je consulte mon plan.

Je vois le genre : il croyait qu'il allait reconnaître les lieux, mon fanfaron, mais là, il est perdu.

– Ah, voilà, tourne à gauche. Mais non, qu'est-ce que tu fais ?

Je ricane intérieurement. Pour embêter mon cavalier, j'ai décidé d'aller systématiquement dans la direction opposée à celle qu'il m'indique. Ça l'énerve… et moi, ça me fait rire ! Mais bon, je ne le fais pas trop longtemps, car je commence à avoir faim, et j'ai hâte de m'arrêter pour la nuit.

Ce soir, nous logeons dans un poney-club. Il n'y a pas foule pour l'instant. Je crois que les poneys sont déjà partis en van pour la foire, où ils doivent faire une animation pour les enfants. Un manège, comme ils disent. Je me demande quel est l'intérêt de tourner en rond pendant des heures… Les humains ont vraiment des mœurs bizarres !

C'est le grand confort ici. Comme le lieu est vidé de ses habitants, je bénéficie d'une stab[2] pour moi tout seul, avec deux mangeoires et du foin à volonté. C'est une bonne chose, car « quand le foin manque au râtelier, les chevaux se battent[3] ». Bref, question nourriture, tout va bien, mais pour les conversations, je me contenterai d'un monologue. J'espère au moins que le jeune Chris va me tenir compagnie. Un petit espace a d'ailleurs été aménagé pour lui. C'est plus économique que l'hôtel, et il peut ainsi mieux s'occuper de moi. À ce propos, je le trouve beaucoup trop gentil, il doit cacher quelque chose... J'ai même droit à des carottes et à de la mélasse, c'est fête aujourd'hui ! Si je pouvais, j'en profiterais pour lui demander des pommes. De toute façon, il ne m'en donnerait pas ; son père prétend que ça donne des brûlures d'estomac aux chevaux.

– Ce soir, on se contente du pansage, m'explique Christopher. Demain, on y ajoute le lavage. Il faut que tu sois le plus beau possible pour épater nos acheteurs !

Ah ! On peut dire qu'il est fort, celui-là, pour gâcher les meilleurs moments ! Et comme si cela ne suffisait pas, il ajoute :

– Dis-moi, mon bel étalon, ça ne t'ennuie pas

---

2. « Stab » est le diminutif de « stabulation libre ». C'est un grand box collectif, dans lequel on peut placer une dizaine de poneys ou de chevaux.
3. Proverbe français.

que je te laisse un peu tout seul ? J'irais bien faire un tour, moi.

C'est bien ce que je craignais : il m'abandonne. Je suis sûr qu'il veut aller traîner au pub. Il ne tarde pas à profiter de son indépendance, le p'tit gars ! Enfin, pour être tout à fait honnête, je ferais sûrement pareil à sa place. Ce n'est pas toujours drôle, pour un ado, la vie à la ferme. Et la réputation des pubs irlandais, on la connaît : musique *live*, tout le monde chante, et de préférence des histoires émouvantes de marins perdus ou de chagrins d'amour… Même dans les plus petits villages, il y a un pub où les habitants se retrouvent le soir après le dîner, autour d'un bon feu de tourbe à l'odeur de terre brûlée. C'est si chaleureux qu'il m'arrive presque de regretter parfois d'être un animal de ma taille, obligé de rester à la porte.

— Si tu veux, je laisserai la barrière de ta stalle ouverte. Comme ça, tu pourras t'ébattre dans le pré pendant mon absence. Je sais que tu préfères être à l'extérieur.

Bon, je vais faire contre mauvaise fortune bon cœur. Il est gentil, mon p'tit gars. J'espère qu'il va bien s'amuser.

La soirée se passe tranquillement. Après un bon repas constitué d'orge et d'avoine, je vais prendre un peu d'exercice car, comme on dit, « l'écurie use plus le cheval que la course[4] ».

---

4. Proverbe français.

Les lieux sont idylliques. Le terrain est vallonné, et un petit ruisseau serpente au milieu de l'herbe vert émeraude. J'observe le ciel sans cesse changeant, les nuages. Lorsque les étoiles se mettent à briller, je me dis qu'il est temps de regagner mon logis à la propreté impeccable, et de profiter de ma litière à l'épaisseur accueillante. Mais je ne dors que d'un œil. Enfin… façon de parler, car les animaux dans mon genre sommeillent les yeux à moitié fermés et à moitié ouverts. Christopher a même prétendu un jour que, lorsque je suis assoupi, on a l'impression que j'ai les yeux blancs.

Je dors donc par à-coups et, chaque fois que je me réveille, mon regard inquiet se porte sur la couche désespérément vide de mon maître. La lune a beau éclairer le tas de paille, il fait nuit, pas de doute là-dessus. Mon jeune fou devrait déjà être rentré. Les pubs ferment à 23 heures.

Qu'est-ce qui peut le retenir si tard ? L'anxiété me ronge les sangs. Je n'y tiens plus. Et s'il lui était arrivé quelque chose ? Il faut que j'agisse. Heureusement, mon box n'est pas fermé, mais comment franchir la clôture du pâturage ? Je la longe en espérant trouver un passage. Peine perdue. Tout est parfaitement hermétique et, en plus, ce sont des fils barbelés. Ils ne connaissent donc pas les barricades en bois, ici ? Les humains privilégient toujours le moindre coût, sans penser aux conséquences. C'est un mauvais calcul, car un cheval blessé coûte plus cher qu'une clôture ! Il faudra que je pense à inventer un proverbe sur ce sujet.

Mais pour le moment, il s'agit de retrouver Christopher. Je n'ai pas le choix : il va falloir sauter. Et ce n'est pas rien, parce qu'on ne voit pas souvent un cheval de trait faire des acrobaties. Je me motive en me rappelant que je suis un percheron, c'est-à-dire *le* plus élégant de tous les chevaux de trait. Mes pattes sont certes courtes, mais fortes. Mes sabots sont solides, mon arrière-main[5] puissante. Certains propriétaires nous entraînent même au dressage. Je ferais un bon vendeur à la foire, non ? Pour l'instant, on dirait surtout que je cherche à gagner du temps pour ne pas sauter !

J'évalue la hauteur de l'enceinte. Ce n'est pas gagné... Alors je pense de toutes mes forces à Christopher, peut-être en danger, et ça me donne des ailes. Je me place à l'extrémité du champ et je m'élance, au trot pour commencer puis au galop : trois temps puis quatre temps. Soudain, plus aucun de mes membres ne touche le sol. Je m'envole et je saute le plus haut possible. Aïe ! Je retombe de l'autre côté. Une douleur vive m'annonce que j'ai été blessé dans la manœuvre, mais tout est en place puisque je peux continuer à courir. « Le cheval court, le cavalier se vante[6]. » Ah ! Ah ! Même dans l'adversité, je n'oublie pas mes proverbes. Sauf qu'en ce qui me concerne, j'ai perdu mon

---

5. Dans l'anatomie du cheval, l'arrière-main désigne la croupe, les postérieurs et la queue.
6. Proverbe kurde.

cavalier… Cependant, je suis assez fier de moi et je me dis que je n'usurpe pas mon identité : Arkle est le plus bel étalon que l'Irlande ait jamais connu, il a remporté de grandes courses d'obstacles à la fin des années soixante. Je fais honneur à son nom.

Je cesse toutefois de me congratuler afin de me concentrer sur mes recherches. Je sais qu'en suivant le cours du ruisseau, je rejoindrai la petite bourgade de Terryglass, dans le comté de Tipperary, où s'est certainement rendu mon adolescent fêtard.

Ah, nous y sommes ! À cette heure tardive, tout le monde est couché. Je peux donc circuler dans les rues sans faire peur aux braves gens et, surtout, sans me faire arrêter. J'imagine la scène en plein jour : pas d'affolement messieurs dames. Non, non, vous ne rêvez pas et vous n'avez pas abusé du whisky irlandais, c'est juste un cheval qui se promène tout seul dans la ville !

Paddy's Pub. C'est là, mais tout est éteint. L'établissement semble fermé. C'est logique et je m'y attendais, mais je ne peux m'empêcher de céder un peu à la panique : aucune trace de mon compagnon. Je décide de me ressaisir et d'explorer les alentours. Serait-il en train de conter fleurette à une jolie jeune fille ? Peut-être que je m'inquiète pour rien…

La rue déserte me conduit au port. Mes oreilles, dressées comme des antennes, tentent de capter tous les petits sons environnants. Je distingue

devant moi les mâts des bateaux qui s'agitent tranquillement sous la brise. Incorrigible, je me cite à moi-même un proverbe arabe : « L'air du paradis est celui qui souffle entre les oreilles d'un cheval. » Enfin, pour le moment, j'ai plutôt l'impression d'être en enfer… Mon système auditif si développé ne m'est d'aucun secours. Et pourtant, si. Il me semble entendre un gémissement. J'accélère l'allure et j'aperçois un corps allongé sur les pavés du quai, la tête penchée au-dessus de l'eau. Je m'approche et le renifle. Je reconnais aussitôt son odeur : c'est mon p'tit gars. J'hésite entre le soulagement et l'angoisse. Au moins, il est vivant.

J'ai à peine le temps de me réjouir que mon

jeune maître rampe en avant et glisse vers le bassin noirâtre. Soudain, avant que j'aie eu le temps d'esquisser le moindre mouvement, son corps bascule et tombe dans l'eau. Horrifié, je le vois flotter puis s'enfoncer doucement. J'ai alors un réflexe inespéré : je me penche au risque de chuter moi aussi, l'attrape par ses vêtements avec mes dents et le tire en arrière de toutes mes forces, jusqu'à ce que je parvienne à le hisser, tout ruisselant, sur le quai.

Après quelques instants, je réalise ce qui vient de se passer et me mets à trembler de partout. On peut dire que je me suis trouvé au bon endroit, au bon moment. Pour une fois, je bénis les fortes pluies qui ont fait monter le niveau des eaux du port. Sans elles, je n'aurais jamais pu arracher Christopher de la noyade.

Je souffle de l'air sur son visage et hennis pour le réveiller. Il ouvre des yeux vitreux, complètement hagard.

– Qu'est-ce que… Arkle ? Où on est, là ?

Soudain, la mémoire semble lui revenir.

– Ouille, ouille, ouille. Bière. Mal de crâne.

Je comprends tout. Mon héros en herbe n'a pas l'habitude de boire. Et pour sa première sortie en solitaire, il a abusé du houblon irlandais qui coule à flots dans les pubs. Voilà qui explique son état. Eh bien, bravo ! Heureusement que ses parents ne sont pas là pour le voir… Je tire sur le col de sa liquette pour l'aider à s'asseoir. Il faut absolument que je le ramène au poney-club. Je le pousse gentiment de la tête pour qu'il réagisse.

– Oui, oui, deux minutes, on y va. Ouh là là, ça tourne…

Je rigole. Pas besoin de manège pour lui. Il parvient péniblement à se tenir debout. Il titube un peu, mais tient bon. Alors je plie mes pattes avant et m'agenouille sur les pavés. Christopher, en s'agrippant à ma crinière, peut ainsi tant bien que mal se hisser sur mon dos. Je donne une impulsion pour me relever ; hélas, le choc le fait glisser à terre.

– Hé, doucement ! se plaint-il d'une voix pâteuse en se redressant, toujours dégoulinant.

Quel spectacle, mes amis ! « L'Humanité est comme un paysan ivre à cheval : quand on la relève d'un côté, elle tombe de l'autre[7]. » Cette petite citation parfaitement appropriée me donne du tonus. Allez, jeune homme, en selle, et vite. Nous recommençons la manœuvre, avec succès cette fois-ci.

Le chemin du retour se passe bien, si ce n'est que mon cavalier, vautré sur la selle, la tête enfouie dans ma crinière, me raconte toutes sortes de bêtises et fredonne de vieilles chansons irlandaises. Un souvenir de sa folle soirée certainement. Comme je suis poli, je ne lui dis pas qu'il chante comme une casserole et qu'il se trompe dans les paroles.

---

7. Maxime de Martin Luther (théologien allemand).

– Écoute ça, Arkle : « Sans mors, sans éperons, sans bride, partons à cheval sur le vin pour un ciel féerique et divin ! Nous fuirons sans repos ni trêve, vers le paradis de mes rêves ! »

Je dresse l'oreille. C'est beau ce qu'il raconte, mon p'tit gars. Où a-t-il pêché ça ? Si c'est un concours de citations, alors là, je suis battu.

– J'ai appris ces vers au lycée, ajoute-t-il comme s'il lisait dans mes pensées. Ils sont de Charles Baudelaire, un poète français. J'ai oublié la suite. Pas mal, non ?

Et comment ! Je suis fier de toi, jeune Chris. Enfin, à condition que ces sorties ne deviennent pas une habit… Berk ! Le voilà qui a des haut-le-cœur maintenant. Manquerait plus qu'il me vomisse dessus, le bougre ! Il est temps d'arriver.

Malgré son piteux état, mon jeune maître déverrouille la clôture. Tant mieux, car j'ai eu mon compte de gymnastique pour aujourd'hui. Les habits trempés s'entassent sur la paille. Avant de sombrer dans un lourd sommeil réparateur, Christopher me remercie chaudement.

Le lendemain, le soleil est déjà haut lorsqu'il émerge enfin, tout penaud et ébouriffé. Sa bonne bouille est toute chiffonnée, et il cligne des yeux qu'il a ronds comme ceux d'un hibou.

– Trop de lumière ici ! J'ai un tambour qui me résonne dans la tête.

Il me regarde et me sourit.

– Mon brave Arkle ! Qu'est-ce que j'aurais fait

sans toi ? Je te dois une fière chandelle. On peut dire que tu m'as sauvé la vie.

Je relève la tête avec fierté, heureux de voir mes mérites reconnus. Si vous me le permettez, j'ajouterais volontiers que « je plains un homme sans vache, je plains un homme sans mouton, mais question d'un homme sans cheval, dur pour lui de rester au monde longtemps[8] ». Mon homme à moi poursuit son discours louangeur :

— Sans ton intervention, je serais en train de flotter dans le port à l'heure qu'il est... Oh ! Qu'est-ce que tu as ? Tu es blessé !

Mes pattes sont en effet couvertes d'égratignures et de sang coagulé.

— Tu as sauté par-dessus la clôture ? Bien sûr, j'y pense... tu étais enfermé. Quel animal courageux tu fais ! J'ai vraiment honte de moi. Ah, je ne suis pas près de boire à nouveau... Je te le promets.

Il se précipite vers son sac et entreprend de le fouiller frénétiquement.

— La trousse de secours. On va te soigner, Arkle. Et te faire une belle toilette pour... Mince ! La foire ! Je l'avais complètement oubliée. On va être sérieusement en retard. Et puis, zut ! Je ne suis plus si pressé de me séparer de toi.

La grande cérémonie du lavage démarre. Christopher me brosse soigneusement les crins. Puis il s'empare d'une éponge, me mouille en com-

---

8. Maxime de John Millington Synge (écrivain irlandais).

mençant par les jambes et me savonne vigoureu-
sement. Il rince ensuite tout mon corps, sans rien
oublier. Il a chaud et transpire, le pauvre, mais il
n'est pas au bout de ses peines. À l'aide d'une
autre éponge, il m'essuie le ventre, le poitrail, les
membres et la tête, avant de me tordre vigoureu-
sement la queue. Oh là, doucement !

Efficace le garçon, malgré sa beuverie de la
veille ! Me voilà tout beau, débarrassé de la poussière de mon équipée nocturne. Je peux aller brouter au soleil pour finir de me sécher. Pendant ce
temps, je crois que mon soigneur va également se
laver et s'occuper de sa petite personne, qui en a
bien besoin après ses exploits dans le port de
Terryglass.

Il est temps à présent de quitter notre havre de
paix pour nous acquitter de notre mission. Au
moment où je me mets à broyer du noir à l'idée de
la séparation qui approche, Christopher me mur-
mure affectueusement :

– J'y pense, Arkle, puisque la foire dure toute la
semaine, on n'est pas obligés de te vendre dès
aujourd'hui. Qu'est-ce que tu dirais d'une balade
touristique à Clonmacnois ?

Pour toute réponse, je piaffe et hennis de plaisir…

Nous arrivons à Clonmacnois dans l'après-midi.
Le site est magnifique. Il contient d'importants ves-
tiges de la plus grande cité monastique de l'Irlande

médiévale. Nous flânons parmi des églises en ruine, de grandes croix plantées en terre et de hautes tours rondes. L'endroit est désert. Nous sommes en octobre et il y a peu de visiteurs à cette époque de l'année. Partout, de l'herbe à perte de vue, et devant nous, majestueux, coule le fleuve Shannon. « Une petite baignade, Christopher ? » me dis-je, goguenard, en foulant de mes sabots le tapis verdoyant. Peinant à nous arracher à ce spectacle fascinant, nous nous autorisons un dernier regard vers l'autre rive où une colline dénudée se dresse, cernée par de gros nuages noirs.

— Si nous voulons échapper à la pluie, c'est le moment de poursuivre notre chemin, prévient mon guide.

J'acquiesce intérieurement, moi qui déteste les gouttes.

Nous repartons donc en direction de Ballinasloe.

— La foire a commencé hier, Arkle. Ils pourront bien se passer de nous encore une journée.

Il radote mon p'tit gars. Il ne me l'a pas déjà dit tout à l'heure ? Décidément, il n'a plus l'air très motivé pour le marchandage.

— On va s'arrêter pour la nuit à la ferme Hazelwood. Tu vas voir, c'est sympa. Les propriétaires élèvent des chevaux pour les courses et la chasse au renard. Tu vas pouvoir te faire des amis.

Ouais, j'en doute. D'abord, je suis contre la chasse, et ensuite « l'âne n'a jamais pu être ami du cheval[9] ». Comprenez qu'on ne se mélange pas comme ça, entre créatures équestres. C'est que ces pur-sang qu'on s'arrache à prix d'or nous regardent de haut, nous autres, pauvres animaux de trait. On se demande bien pourquoi, car « aucun cheval de course n'est capable de filer aussi vite que l'argent qu'on a mis sur lui ». Un homme sensé, celui qui a inventé cette maxime. Bon, d'accord, je suis un peu jaloux de ces étalons, je l'admets. Mais c'est qu'on travaille dur dans les champs, et qu'on n'a jamais vu des foules attifées de chapeaux ridicules, agitant des jumelles, hurler du haut de leurs gradins pour nous encourager. C'est pas injuste, ça ?

Nous arrivons en vue d'une splendide demeure perdue en pleine campagne, et je n'ai repéré aucun pub dans les environs. On va enfin pouvoir passer une soirée tranquille ! Christopher dort dans un vrai lit cette nuit, pendant que je m'entretiens avec mes camarades d'écurie. Ils ont des harnais magnifiques. Mais je ne me laisse pas impressionner, car « mors doré ne rend pas cheval meilleur ». Je suis même assez déçu. Quand je disais qu'on ne peut pas sympathiser avec des chevaux de course : ceux-là ne connaissent pas un seul proverbe. J'aime bien la compagnie, mais avec des bêtes qui ont de la conversation !

Le jour est à peine levé lorsque mon jeune maître vient s'occuper de moi. Il est plus matinal

---

9. Maxime de Giovanni Casanova (écrivain italien).

qu'hier. Et moins ébouriffé… Car c'est aujourd'hui le grand jour. Il va falloir se mesurer aux acheteurs de canassons, qui ont la réputation d'être durs en affaires. Ça me paraît somme toute assez logique. Si « à cheval donné on ne regarde pas les dents », quand il s'agit de mettre la main au portefeuille, il convient de s'assurer de la qualité de ce que l'on achète.

Les embouteillages commencent bien avant l'entrée dans la ville. Voitures, carrioles, charrettes, tracteurs et j'en passe, s'acheminent lentement vers le lieu des transactions. Inutile de demander notre chemin, il n'y a qu'à suivre le mouvement et se montrer patients. Christopher paraît songeur. Il n'a pas ouvert la bouche depuis ce matin ; lui qui est d'habitude si guilleret. Je me demande ce qu'il est en train de ruminer.

Pour une grande foire, c'est une grande foire. Imaginez des centaines, des milliers peut-être, d'équidés de toutes tailles, de tous âges et de robes variées ; poulains, pouliches, chevaux, juments, ânes, poneys… Ils sont si nombreux qu'on a presque l'impression d'un enchevêtrement sans fin. Il ne manque que des zèbres et des lamas, ici ! Celui qui a dit un jour que « bientôt le cheval sera sur la Terre quelque chose d'aussi étrange que la girafe » n'a assurément jamais mis les pieds à Ballinasloe. Et parmi toutes ces créatures à quatre pattes circulent des humains, majoritairement de sexe masculin, avec un point commun : le port d'une casquette bien vissée sur le crâne. Ah et j'oubliais : le teint rougeaud, assez répandu parmi cette population qui vit au grand air.

Je capte de tous côtés des bribes de discussion : « Apte à la reproduction, mère pur-sang anglo-arabe, excellentes origines, très bonnes aptitudes, belle anatomie, grande noblesse, très belle allure, combien ?, pure race, trop cher… » Ça donne le tournis ! Certains ont l'air de se laisser convaincre par ces arguments faciles. J'en vois qui se serrent la main. C'est ainsi que se termine immanquablement une vente réussie. Une sorte de rituel entre bipèdes. Personne ici n'a l'air de connaître le proverbe belge qui dit qu'« on achète les bons chevaux à l'écurie ». Partout, des barrières pour attacher les bêtes par le licol. C'est ce que finit par faire Christopher avec moi, après avoir joué des coudes pour nous frayer un passage dans cette ambiance de folie.

Bon, ça doit bien faire une heure ou deux qu'on est là, à observer tout ce remue-ménage. Mon jeune maître n'est toujours pas causant. Je me demande ce qu'il attend. Qu'un acheteur motivé lui mette de force un paquet d'euros dans la main ?

Tout à coup, il me regarde et me lance :

– Dis donc, Arkle, tu connais l'histoire du type qui vend son chien ?

Non, mais ça m'intéresse de la connaître. Évidemment, il n'entend pas ma réponse, mais il poursuit quand même :

– Alors voilà. C'est un type qui amène son chien au marché pour le vendre. Un homme vient à lui et lui demande :

« – J'aime bien ton chien et je voudrais l'acheter, cependant je voudrais d'abord savoir si c'est un chien fidèle.

– Je te donne ma parole, répond le vendeur, il est très fidèle.

– Peux-tu m'en donner la preuve ? réplique l'acheteur.

– La preuve, elle est très simple : je l'ai déjà vendu plus de cinq fois ; mais il est toujours revenu à la maison. »

Et Christopher éclate de rire.

– C'est drôle, hein ?

Inquiet, je me demande si mon jeune maître n'a pas une fois de plus avalé quelques pintes de bière à mon insu.

– Tu veux que je t'explique ? Depuis ce matin, je cherche une solution pour ne pas me séparer de toi, mon brave cheval qui m'a sauvé la vie. Et je me suis souvenu de cette blague idiote. Elle m'a donné une idée : il me suffit, si un vendeur s'intéresse à toi, de le décourager en lui racontant n'importe quoi. Tu comprends ?

Tu parles, si je comprends. Si je pouvais, je l'embrasserais. Je me contente de frotter mes naseaux contre sa joue.

– Hé, arrête, c'est tout mouillé…

Mais il sourit et m'entoure l'encolure de ses bras fins.

Aussitôt dit, aussitôt fait. Un paysan bien mis, chemise bleue, veste grise, s'approche de nous et adresse la parole à Christopher :

– C'est-y qu'vous parlez à vot' cheval ? Qu'est-ce qu'vous lui racontez ?

« De quoi je me mêle ? » ai-je envie de lui rétorquer.

Le jeune Chris, lui, est plus poli et répond gentiment. L'homme s'incruste et poursuit son questionnement.

– Il est en forme, çuici ? Y travaille bien ?

Mon p'tit gars fait alors plein de compliments sur moi, au point que je me demande ce qu'il fabrique, quand il ajoute :

– Mais il faut bien l'attacher et bien le nourrir. Bien l'attacher, car il cherche toujours à s'enfuir, et bien le nourrir, car sinon, il refuse de bouger. Et il mange trois fois plus que les autres.

L'acheteur se gratte le front, hoche la tête et… s'en va. Nous jubilons.

Petit à petit, cependant, le visage de mon jeune protecteur s'assombrit.

– Tout ça, c'est bien joli, mais on a quand même un gros problème : qu'est-ce que je vais raconter aux parents ? Tu sais qu'ils ne roulent pas sur l'or et qu'ils comptent sur cet argent. Jamais ils n'auraient pris la décision de te vendre si cela n'avait été absolument nécessaire. Ils me l'ont répété plusieurs fois. Tu fais partie de la famille, Arkle, tu le sais.

Ces paroles me mettent du baume au cœur. Moi

qui croyais que tout le monde se moquait de mon sort. Si on m'avait dit ça plus tôt, j'aurais accepté de me sacrifier sans rechigner. Et maintenant, que faire ?

Christopher semble remettre la question à plus tard :

— On va aller faire un tour, d'accord ? Puisque les tractations ne sont plus à l'ordre du jour, autant profiter des animations de la foire.

Le jeune Chris me détache, et nous voilà repartis dans la cohue. Nous flânons comme des touristes, libres et heureux. Nos pas nous conduisent par hasard jusqu'à un chapiteau entouré de roulottes.

— On dirait un cirque, non ? me demande Christopher tout émoustillé. Si on allait voir ?

À l'entrée, une jolie jeune fille semble chargée de l'accueil. Dès qu'elle nous aperçoit, un grand sourire éclaire son visage, et elle nous interpelle :

— Vous venez pour l'annonce, c'est ça ? Ouf, je n'y croyais plus.

Mon cavalier est aussi interloqué que moi :

— N... non. Quelle annonce ?

Le sourire de la jeune fille se fige.

— Quel dommage ! Vous seriez parfaits tous les deux. Notre beau cheval blanc, Tir na nOg, a mangé de mauvaises herbes qui l'ont rendu malade. Il ne peut plus assurer son numéro. Nous lui cherchons un remplaçant. Si vous acceptez de participer au spectacle, ça nous aiderait beaucoup, et vous seriez payés, bien sûr.

Christopher a l'air de réfléchir intensément. Il me jette un regard, me fait un clin d'œil, puis ses yeux se tournent à nouveau vers la demoiselle.

– En quoi consiste ce numéro ? lui demande-t-il.

– Entrez, entrez, répond-elle vivement, je vais vous expliquer.

Quelques heures plus tard, nous sommes, mon maître et moi, pétrifiés par le trac. Plus que quelques minutes avant notre entrée en scène. Mon adolescent préféré est habillé en clown et arbore un magnifique nez rouge. Quant à moi, je suis recouvert d'une belle cape mordorée. Nous avons répété tout l'après-midi, mais je crois qu'une grande part du numéro à venir sera improvisée. On va enfin voir si Christopher est fait pour le métier auquel il aspire tant : comédien.

La jeune fille, qui s'appelle Sinead, nous a présentés à toute la troupe du cirque, composée en grande partie de Tinkers, des gens du voyage qui se déplacent en roulottes tirées par des collègues à moi. Ils ont été très sympathiques et nous ont bien encouragés. Nous avons aussi rendu visite à Tir na nOg, le beau cheval blanc. Le pauvre, il est en piteux état avec sa colique. Quand je pense que j'ai failli manger ces sales herbes !

– Bonsoir, mesdames et messieurs. Bonsoir, les enfants. Devant vous, pour votre plus grand plaisir, et pour la première fois dans notre spectacle,

Christopher et son cheval Arkle ! Je vous demande de leur faire un triomphe.

Les applaudissements crépitent. Des pieds martèlent le sol, trépignant d'impatience. L'excitation est à son comble. Chris se lance, presque aussi rouge que son nez :

– Dis donc, Arkle, tu connais l'histoire du type qui vend son chien ?

Quelques blagues et tours de piste plus tard, d'autres applaudissements, beaucoup plus nourris, des cris et des bravos embrasent le chapiteau. Des bras se tendent pour me caresser. C'est un succès. Et pour nous, un grand soulagement. Dans les coulisses, toute la troupe nous entoure pour nous féliciter. Sinead embrasse Christopher, qui rougit de plus belle.

– Et si vous passiez la semaine de la foire avec nous ? D'après le vétérinaire, c'est le temps qu'il faudra à Tir na nOg pour se rétablir. Vous pourriez faire votre numéro chaque soir, et gagner ainsi l'argent dont vous avez besoin. Nous avons la place qu'il faut pour vous loger. Qu'est-ce que vous en dites ?

Bien entendu, nous avons accepté et passé une semaine fantastique. Encore un peu, et il fallait que j'apprenne à signer des autographes ! Je crois que mon apprenti comédien a apprécié la vie en roulotte. Et surtout la compagnie de la douce Sinead…

Nous pouvons repartir l'esprit apaisé, sans craindre de décevoir la famille. Nous avons gagné de l'argent, mais aussi des amis, car les Tinkers ont promis de faire prochainement un détour par notre ville. Christopher est heureux, et moi aussi. Sur le chemin du retour, il prend un air sérieux et me dit :

– Eh bien, Arkle, si je devais résumer notre aventure, je dirais que « cheval vaut plus que richesse ». Tu ne peux pas comprendre, c'est un proverbe.

Le dernier cheval de bois

de Stéphanie Tesson
illustré par Patrick Deubelbeiss

Sur la petite place du village de Souche, depuis des générations, le même manège tournait en rond. Il était réputé à des lieues alentour pour ses chevaux de bois. Sept chevaux, sept frères jumeaux, identiques de bas en haut, depuis le bout des sabots jusqu'à la pointe des oreilles. Les plus solides, les plus vaillants chevaux de bois qu'on ait connus de mémoire de Soleil.

Car il faut vous dire que le Soleil est un grand amateur de manèges. Il se plaît à les voir tour-noyer, tournoyer, tournoyer, ne s'arrêtant que pour changer de passagers, tandis que lui-même accomplit tranquillement son petit tour de Terre, en vingt-quatre heures bien comptées !

Mais revenons à nos chevaux, tournant été comme hiver, du matin au soir – et jusqu'à minuit les jours fériés ! –, sur la petite place du village de Souche.

C'était un dénommé Philippe qui s'occupait du manège. Tout du moins était-ce à lui que sa grand-mère en avait confié la garde, le jour où elle était partie rejoindre ses ancêtres.

« Voilà ton tour venu, mon petit ! avait-elle dit à Philippe, déjà grand à l'époque. Prends bien soin des chevaux, donne-leur toujours de bons morceaux de musique et surtout ne laisse pas passer une journée sans faire tourner le manège ! Depuis quatre-vingt-dix-neuf ans qu'il existe, il n'a jamais cessé de fonctionner. » Pour ne pas contrarier sa grand-mère, Philippe lui avait promis de suivre ses recommandations.

Les premiers temps, il s'appliquait donc à cirer les chevaux tous les matins. Le Soleil lui donnait souvent un coup de main en les faisant briller et, lorsqu'il ne pouvait pas venir, il envoyait la pluie qui les faisait scintiller aussi, à sa manière.

Les premiers temps, il choisissait des musiques enjouées et vives pour le matin, douces et sucrées pour l'après-midi, dansantes et mystérieuses pour le soir. Et les chevaux semblaient plus fringants que jamais.

Les premiers temps, les enfants affluaient, avant et après l'école ; certains même pendant, à la grande surprise des chevaux, habitués à se reposer aux heures de classe… Le manège prospérait et Philippe remerciait sa grand-mère de lui avoir légué ce précieux trésor.

Quand le manège atteignit ses cent ans, tout le village de Souche fêta l'événement. Le maire remit à Philippe une toupie d'or, symbole de la persévérance des chevaux de bois, qui avaient tourné trois cent soixante-cinq jours par an depuis un siècle, sans la moindre défaillance.

C'est à dater de ce jour que les choses commencèrent à se gâter.

Philippe n'avait jamais vraiment aimé les chevaux du manège, et il n'était jamais monté sur aucun d'entre eux. Il en avait simplement pris soin, pour respecter la parole donnée à sa grand-mère. Par exemple, il ne se préoccupait pas de savoir leurs noms… Au fait, est-ce qu'ils avaient des noms ces chevaux-là ? Demandons-leur directement :

– Hé, ho ! Messieurs les chevaux ! Comment vous appelle-t-on ?

Silence. Pas de réponse. Normal, me direz-vous : à cheval de bois, langue de bois ! Mais ce n'est pas si simple que ça…

À vrai dire, la question de leurs noms les avait toujours embarrassés. Puisque l'occasion de les désigner en particulier ne s'était pas encore présentée, ils se contentaient de l'appellation « les sept chevaux de bois ». Pourtant, en secret, chacun rêvait de se distinguer de ses frères.

Entre eux, l'entente était parfaite. Ils allaient toujours dans le même sens, à cadence égale, et partageaient heure par heure la même existence depuis leur naissance. S'ils étaient aujourd'hui en si bon état, l'œil aussi vif que celui d'un cheval de course, le pied levé, toujours prêt au départ, c'est que leurs précédents maîtres leur avaient été dévoués. Pas comme ce Philippe, dont l'indifférence les agaçait… Indifférence qui s'accroissait de jour en jour.

— Qu'il ne sache pas nos noms, passe encore, se disaient-ils entre eux. D'ailleurs, nous n'en avons pas ! Mais qu'il nous néglige au point de nous traiter de la sorte, c'est inhumain !

Et dans la bouche d'un cheval, l'adjectif « inhumain » représente l'insulte suprême. Jamais ses prédécesseurs ne les auraient laissés une matinée entière, après une nuit de grand vent, honteusement couverts de poussière et de vieux papiers. Jamais ils ne les auraient abandonnés le soir dans l'orage sans les protéger. Jamais ils ne les auraient obligés à tourner tout un après-midi en silence, sous prétexte que le magnétophone était en panne. L'unique fois où un cas semblable s'était présenté, l'ancien propriétaire du manège avait lui-même actionné la manivelle d'un orgue de barbarie, jusqu'à ce que le magnétophone soit réparé. Car tourner des heures durant sans musique, il n'y a pas pire torture pour un cheval de bois ! Or, Philippe avait commis toutes ces erreurs. Et, qui plus est, il n'avait pas l'air de s'en repentir, au contraire… De plus en plus souvent, il délaissait le manège pour faire danser sa toupie d'or, sous le regard admiratif des clients du café de Souche. Si bien qu'au bout de quelque temps, les enfants se lassèrent d'attendre que les chevaux se remettent en marche, les promeneurs désertèrent la petite place où la musique s'était changée en rumeur de rue et, bientôt, les parages du manège ressemblèrent à ceux du cimetière. Seuls les marronniers paraissaient encore en vie, lorsqu'une brise du soir venait les taquiner ou qu'un oiseau farceur leur arrachait une brindille.

Les sept frères chevaux commençaient à s'ennuyer mortellement. On ne les avait pas dressés à passer ainsi de longues journées sans bouger ! Peu à peu, ils perdirent leur entrain, puis leur sourire et, un jour, ils en vinrent même à tourner à l'envers, signe de mauvaise santé pour un cheval de bois. Le Soleil s'aperçut de leur détresse et leur fit une proposition :

– Demain, à l'heure où je démarre ma tournée, je vous emmène avec moi pour un voyage autour du monde. Qu'est-ce que vous en dites ?

D'un seul mouvement, les chevaux levèrent les yeux vers l'astre, et leurs joues pâles rosirent à nouveau. Mais une même question leur vint aux lèvres :

– Comment faire ? Nous ne sommes que des chevaux de bois…

— Justement ! s'exclama le Soleil. Il vous suffira de tourner, comme d'habitude. La Terre, après tout, n'est qu'un immense manège ! Vous n'aurez qu'à me suivre… Alors, c'est d'accord ? Je vais me coucher. Soyez prêts dès l'aurore !

Et avant même que les chevaux aient pu donner leur réponse, le Soleil avait disparu, car il n'a pas de temps à perdre…

Inutile de vous dire que cette nuit-là, on ne dormit pas beaucoup chez les chevaux de bois. Une même excitation les animait tous à la perspective de cette aventure. Tous, sauf un… Seulement, comme ils n'ont toujours pas de nom et qu'ils sont absolument identiques, il est difficile de dire lequel. Plus tard, on l'appellera Galopin. Pour l'instant, faisons comme si nous n'en savions rien !

Sur le moment, ses six frères le dévisagèrent avec une douloureuse surprise. Pour la première fois de leur vie, l'un d'eux se détachait du lot. Ils n'en revenaient pas ! Le frère dissident eut beau leur expliquer ses inquiétudes sur les dangers d'une telle expédition, il eut beau leur rappeler leur devoir auprès des enfants de Souche, il eut beau leur présenter les problèmes que leur absence, même de courte durée, ne manquerait pas de causer à Philippe, ils ne voulurent rien entendre et lui tournèrent le dos d'un même élan. Voyant leur entêtement, il leur dit :

— Tant pis si cette fois-ci, nous n'avons pas le

même avis… L'important, c'est que chacun fasse ce qu'il veut et qu'il soit heureux !

À ces mots, ses six frères firent volte-face et, en guise d'approbation, secouèrent leur crinière trois fois de haut en bas, comme ça : Chta ! Chta ! Chta ! avant de fermer leurs paupières.

Et le Soleil se leva ! Ce matin-là, pas de grasse matinée.

– Suivez-moi, messieurs les chevaux de bois ! lança-t-il en direction du manège. Attention au départ !

Tous firent claquer leurs sabots centenaires. Tous sauf un…

– Tu es sûr de toi ? lui demandèrent les autres en chœur.

– Sûr, mes frères ! répondit le cheval sédentaire.

– Alors, à demain ! lui crièrent six voix qui n'en faisaient qu'une. Nous ne serons pas longs…

Et ils s'élancèrent sur les pas du Soleil.

Le septième cheval de bois les suivit longtemps du regard, les sabots rivés au sol et le cœur galopant. Il était partagé entre le regret de laisser s'échapper une si belle occasion de découvrir le monde et son attachement au manège qu'il ne pouvait se résoudre à quitter.

« Je n'ai plus qu'à les attendre. Vingt-quatre heures, c'est peu ! Peut-être que Philippe ne s'apercevra même pas qu'ils sont partis. »

Pour passer le temps, il se mit à penser à ses frères. Il constata qu'une seule et même image

revenait, six fois pareille. Quel que soit celui qu'il se représentait, lui, lui ou lui… surgissait toujours la même silhouette de bois blanc, aux oreilles dressées, aux pattes repliées, à la queue soigneusement peignée. Et pas un nom à mettre sur leurs six ressemblances !

Il aperçut alors son reflet dans les petits miroirs qui décoraient le manège. Son reflet, répété des dizaines de fois. Un instant, il crut voir ses frères.

– Nous sommes donc absolument identiques, au point que n'importe qui peut nous confondre !

Cette découverte lui fit tourner la tête.

Pendant ce temps, les six chevaux voyageurs talonnaient le Soleil. Ils allaient tous au même rythme, et leur course paraissait d'une étonnante souplesse. Ils étaient déjà bien loin de Souche, lorsque d'imposantes montagnes se dressèrent devant eux. Pour un cheval de bois qui tourne sur lui-même depuis plus de cent ans, la montagne est quelque chose de prodigieux. Ils n'en croyaient pas leurs yeux. Le Soleil, heureux de leur émerveillement, s'arrêta un moment au sommet.

– Pas trop longtemps, sans quoi je risque de faire fondre les neiges éternelles !

Quel silence alentour ! Un silence qui valait bien des musiques. Et comme ce froid épicé vous chatouillait agréablement les naseaux…

– Nous repartons, messieurs les chevaux ! *Allegretto vivace* !

C'était un Soleil mélomane. Il faisait un dernier

baiser aux cimes, tandis que les chevaux réchauffaient leurs sabots en frappant la glace.

– Moi j'aime trop cet endroit. Je reste ici avec le froid ! s'écria l'un d'eux. Allez-y, vous, mes frères !

Tous les cinq le dévisagèrent avec une triste surprise. Pour la deuxième fois de leur vie, l'un d'entre eux se démarquait. Il ne leur ressemblait déjà plus tout à fait… Son nez commençait à rougir : un vrai clown !

– Que va dire notre frère du manège, si nous revenons sans toi ?

– Rappelez-vous ses paroles : « L'important, c'est que chacun soit heureux. »

– Fais comme tu veux, poursuivirent cinq voix qui n'en faisaient qu'une. Et si jamais tu as envie de rentrer, tu sais ce qu'il te reste à faire…

– Mais oui, le Soleil repasse tous les jours par ici, je n'aurai qu'à le suivre !

Celui-ci, déjà loin devant, s'impatientait :

– Au galop, messieurs les chevaux !

En guise d'adieu, les cinq frères agitèrent leur crinière de haut en bas, comme ça : Chta ! Chta ! Chta ! Et lorsqu'ils eurent disparu, celui qui avait choisi le froid trouva par terre cinq cristaux verglacés… C'étaient les larmes de ses frères.

– Petits bijoux de tristesse !

Il se sentit enveloppé d'une voix blanche et chaleureuse.

– Je suis le froid. Ne me cherche pas, je suis transparent comme l'air. Dis-moi, comment t'appelles-tu ?

— Cheval de bois.

— Tu n'as pas de nom ?

— Non.

— Eh bien, puisque tu as décidé de vivre avec moi au-dessus de la vallée et en dessous de zéro, tu t'appelleras « Celsius », ça te va ?

Et comment, ça lui allait ! Pour fêter leur amitié, le froid lui proposa un jeu :

— Essaie de m'attraper !

Mais Celsius eut beau déployer toute son ardeur, il n'y parvint jamais. Toutefois, ses efforts lui donnèrent si chaud que, même quand le Soleil eut complètement disparu, il se roulait encore dans la neige avec délice, comme dans un édredon de plumes d'oie…

Quant aux cinq chevaux voyageurs, ils furent contents de retrouver le vert tendre des plaines après la rigueur des montagnes. Ils ne comprenaient pas comment leur frère avait pu décider de rester parmi les glaces. Mais, après tout, c'était son choix. De champ d'avoine en champ de blé, ils finirent par se consoler, et poussèrent des hennissements de joie quand le Soleil leur proposa de pique-niquer dans une prairie saupoudrée de trèfles et de pissenlits. On a beau être de bois, on n'en est pas moins cheval…

— De mon côté, je vais croquer un petit nuage pour me rafraîchir, dit le Soleil. Attendez-moi là ! Je ne tarderai pas…

Quel festin firent-ils !

Ils se pourléchaient encore les lèvres, lorsqu'une horde assourdissante débubla dans le champ, dévastant tout sur son passage. Pas le temps de se mettre à l'abri ! Ils furent pris dans un tourbillon rougeoyant de bruit et d'acier.

— La guerre, c'est la guerre ! s'écrièrent-ils. Fuyons !

Et les voilà qui s'échappent de ce champ de ripaille, subitement devenu champ de bataille. Ventre à terre, droit devant, sans se retourner…

Ils furent rapidement rattrapés par le Soleil qui leur criait :

— Oh là ! Oh là ! Pas si vite ! Attendez-moi !

Il était tout essoufflé, n'ayant jamais accéléré ainsi sa course à l'improviste.

— Alors, quoi ! Vous vouliez me semer ?

— Pardonne-nous, Soleil, nous avons eu si peur ! La guerre nous a surpris alors que nous attaquions le dessert…

— Mais il en manque encore un, ma parole ! Vous avez laissé un de vos frères dans la mêlée ?

En effet, ils n'étaient plus que quatre…

— Lequel de nous est resté là-bas ?

— Pas moi !

— Ni moi…

— Ni moi…

— Ni moi non plus, bien sûr.

— Alors ce doit être lui !

Une fois de plus, ils furent bien ennuyés de ne pas savoir comment se nommer.

— Même s'il avait un nom, il ne nous entendrait pas l'appeler d'ici. Nous sommes trop loin.

Ils ne savaient que faire, hésitant à repartir sans leur frère, mais le Soleil trancha :

– Nous ne pouvons pas reculer. De toute façon, s'il s'en sort, il retrouvera facilement sa route ; il suffit d'aller tout droit pour revenir au point de départ.

– Et s'il ne s'en sort pas ?

La question resta sans réponse… Bon gré, mal gré, les quatre chevaux reprirent leur chemin, pressés par le Soleil et ralentis par le remords.

S'il les avait entendus, Bellik aurait rassuré ses frères. Bellik, vous l'avez deviné, c'était le cheval qui avait choisi la guerre. Il ne l'avait d'ailleurs pas vraiment choisie. Il s'était plutôt laissé faire lorsqu'un jeune soldat, dont la monture venait de périr, l'avait enfourché sans lui demander son avis. Après un rude combat, pendant lequel le cheval de bois n'eut même pas le temps de s'inquiéter du sort de ses frères, on remit une médaille au cavalier et à sa nouvelle bête pour les récompenser de leur bravoure. Bellik avait reçu son nom du jeune soldat :

– Comme tu es le cheval le plus courageux que j'aie jamais rencontré et que tu sembles né pour te battre et pour gagner, je t'appellerai « Bellik ». Et si tu es d'accord, à partir d'aujourd'hui, nous partagerons tout : la gloire, les cancrelats, la faim et les repas… À la vie, à la mort !

– Chta ! Chta ! Chta ! avait répondu Bellik en secouant sa crinière de haut en bas.

Son nouvel ami prit ce geste pour un signe de consentement et il eut raison.

Bellik était très fier de sa médaille, de son enrôlement si rapide sous les drapeaux et, surtout, de l'importance que lui accordait le jeune soldat qui lui parlait comme à un homme.

« Dommage que les autres ne soient pas restés ! Nous aurions combattu ensemble… »

À la pensée que ses frères auraient aussi bien pu passer aux mains ennemies, et auraient dû alors guerroyer contre lui, il changea d'avis, et souhaita plutôt qu'il leur arrivât d'autres aventures.

« Chacun de nous finira par trouver sa propre voie. »

Il ne croyait pas si bien dire ! Car voilà ce qui arriva au quatrième cheval de bois…

À cette étape de l'histoire, faisons une petite halte ! Les chevaux en ont bien besoin après leur course échevelée pour fuir la guerre. Et le Soleil, en voulant les rattraper, a pris un peu d'avance sur sa trajectoire. Aussi leur a-t-il proposé de s'arrêter quelques instants dans cette clairière, au milieu de la profonde forêt. Tous font la sieste. Chut ! Sans les réveiller, observons-les d'un peu plus près…

C'est pourtant vrai qu'ils se ressemblent ! Impossible de les différencier : mêmes oreilles dressées, même crinière emmêlée par le vent, mêmes pattes repliées… Attendez, mais nom de nom ! Celui-ci, regardez-le ! Ses sabots se sont rejoints sous sa panse et on dirait qu'il… Parfaitement, il se balance ! Comme un confortable rocking-chair. Un cheval à bascule, ça alors !

Ses frères sont réveillés par les grincements qu'il émet à chaque va-et-vient.

– Qu'est-ce qu'il t'arrive ?

– Je ne sais pas, moi… Je dormais tranquillement et tout à coup, je n'ai plus senti mes pattes.

– Allons, avoue… Tu as voulu faire le malin, tu as essayé de grimper à cet arbre et tu t'es cassé la figure, c'est ça ?

– Mais non, je vous jure ! Je n'ai pas bougé d'ici.

– En tout cas, tu risques de ne plus en bouger de toute ta vie !

– Eh bien, tant mieux ! J'en ai assez de courir.

– On ne peut quand même pas t'abandonner dans cet état !

Le Soleil allait donner son avis lorsqu'une mystérieuse brume recouvrit la clairière et le dissimula aux yeux des chevaux. Ils ne l'entendirent même pas appeler au secours… Ce Soleil avait toujours eu très peur de tout ce qui pouvait lui faire de l'ombre. Une musique flûtée jaillit de derrière un arbre. Une vraie musique de manège. Et toutes les feuilles se mirent à valser. C'est alors qu'apparut, entourée de petites lumières multicolores, fraîche et joufflue comme une barbe à papa, surprise des surprises… la grand-mère de Philippe !

– Mes enfants…

Elle avait toujours appelé les chevaux ses enfants, tant elle les aimait.

– … je suis bien heureuse de vous rencontrer. J'ai tellement dansé que mes jambes ne me portent plus…

En disant ces mots, elle se dirigea droit sur le cheval à bascule et s'assit sur son dos. Aussitôt, il se mit à se balancer silencieusement, berçant la grand-mère d'avant en arrière, d'arrière en avant… jusqu'à ce qu'un sourire d'enfant se dessine à nouveau sur ses lèvres. Alors elle entonna cette chanson, qu'elle fredonnait jadis au manège, lors des longues journées de travail, pour encourager les chevaux :

Tournent, tournent, tournent,
Dans le vent malin
Girouettes nocturnes
Ailes de moulin
Anneaux de Saturne
Tournent, tournent, tournent,
Quand le vent est là…
Mais quand l'vent s'en va
Pffuit ! Plus rien ne bouge
Sauf mon vieux manège
Tourne et tournera…

Emporté par la voix de la grand-mère, le cheval à bascule allait et venait sous son fardeau de douceur. Ses mouvements se faisaient de plus en plus vifs, de plus en plus lestes… Si bien que soudain, il traversa le rideau de brouillard, en direction de nulle part. Ce qu'il vit alors lui parut si incroyable qu'il secoua sa crinière fougueusement de haut en bas, comme ça : Chta ! Chta ! Chta ! Pour se persuader qu'il ne rêvait pas.

Un grand cheval noir tournait sur une piste de sable. Cramponné à sa crinière, un jeune homme lui donnait des petits coups de talons dans les flancs. Au milieu de la piste, un dompteur moustachu faisait claquer un long fil qui frôlait parfois le pauvre animal.

— C'est un fouet, murmura la grand-mère.

— Pour quoi faire ?

— Pour le faire obéir.

— Qu'est-ce qu'il a sur le dos ?

— Une selle et des étriers dans lesquels son cavalier enfile ses pieds.

— Ça lui fait mal ?

— Mais non.

À ce moment, le cheval de la piste, agacé par les coups de fouet qu'il recevait, se dressa sur ses pattes arrière et envoya promener le cavalier. Puis il prit son élan et sauta la barrière qui fermait le manège.

— Bravo ! s'exclama le cheval à bascule.

Devant lui se dressait, fier et luisant, le cheval récalcitrant.

— Qui es-tu, toi ?

— Euh…

— Tu viens d'arriver au manège ?

— Oh non ! Le manège, ça fait cent ans que j'y suis. Je l'ai quitté pour la première fois aujourd'hui.

La grand-mère les interrompit :

— Vous ne parlez pas du même manège. Ici aussi, c'est un manège. Mais pour les chevaux de chair.

– J'aimerais tant être un cheval de chair, soupira le cheval à bascule.

– Que tes souhaits soient exaucés ! s'exclama la grand-mère.

Aussitôt, il sentit de légers fourmillements envahir son corps. Puis il entendit craquer sa peau de bois et la vit s'éparpiller autour de lui en copeaux de couleurs. D'abord, il crut être tout nu et s'enfuit à bride abattue droit devant, sans savoir où il allait. Heureusement, la grand-mère le dirigeait de sa voix claironnante, lui signalant les ornières et les branches basses, lui indiquant les directions à prendre aux carrefours. Bientôt, ils retraversèrent le nuage de brume qui enveloppait la clairière. Vous imaginez la surprise des trois frères restés prisonniers du brouillard lorsqu'ils virent surgir devant eux ce magnifique cheval en chair et en os...

– C'est la grand-mère qui t'a tricoté ce costume ? lui demandèrent-ils, en se frottant contre ses flancs.

– Ce costume ? s'étonna le cheval qui se croyait encore tout nu.

– Ça s'appelle une robe, expliqua la grand-mère. Vous le trouvez comment ?

– Au poil ! On dirait presque un vrai cheval.

– Et... qu'est-ce que tu as sur le dos ?

– Ça ? C'est une selle, avec des étriers sur les côtés. Normalement, un vrai cheval a aussi des rênes pour se faire guider. Mais moi, je n'en ai pas besoin, il suffit que j'écoute la voix de grand-mère et je sais tout de suite où aller.

— C'est d'ailleurs pour cela que je t'ai choisi.

— Quoi ?

Depuis que grand-mère était apparue, le cheval de chair ne comprenait pas de quels étranges sortilèges il était le jouet.

— Mais oui, je t'ai choisi, toi, pour vivre cette aventure ! Justement parce que tu as ce don particulier de croire.

— Et nous ? demandèrent en chœur les trois autres chevaux.

— Vous avez d'autres dons. Chacun est très différent. Du temps où je vous racontais des histoires au manège, votre frère de chair était le seul à réclamer une suite. Il ne supportait pas les fins. Je devais toujours inventer de nouveaux épisodes… Alors, quand je vous ai retrouvés tout à l'heure, je me suis permis de rajouter un petit chapitre à notre rencontre. J'aurais aimé faire encore un bout de chemin avec vous, mais je suis trop fatiguée. Ici s'arrête mon voyage. Quant à vous quatre, il est temps que vous repartiez, mes enfants. Si vous rejoignez un jour le manège, dites à Philippe qu'au lieu de se tourner les pouces, il ferait mieux de… Oh non, d'ailleurs, ne lui dites rien, embrassez-le, tout simplement.

Elle allait mettre pied à terre, mais le cheval de chair s'écria :

— Restez assise, s'il vous plaît ! Racontez encore une histoire…

Ses frères, qui piaffaient d'impatience, ne l'entendaient pas de cette oreille :

– Pas le temps ! Le Soleil nous attend. Il faut partir.

– Alors, allez-y sans moi !

– Comme tu veux… répondirent trois voix qui n'en faisaient qu'une.

D'un seul et même mouvement, ils secouèrent leur crinière pour saluer la grand-mère : Chta ! Chta ! Chta !

Celle-ci avait déjà commencé un nouveau conte :

– Il était une fois un blanc cheval des bois appelé Anselme…

– Au revoir, Anselme ! s'exclamèrent les trois frères.

– Salut ! Revenez pour connaître la fin !

La fin, ils préféraient la vivre à leur gré. Ils furent étonnés de ne pas retrouver le Soleil aux abords de la clairière. Ils pensèrent qu'il s'était caché et qu'il les épiait de derrière un buisson. Mais un pic-vert leur signala que le Soleil avait déguerpi. Cela devait même faire un bon moment, à en juger par la pâleur des rayons qui commençaient à disparaître dans le crépuscule. Il n'avait sans doute pas pu les prévenir de son départ à cause du brouillard. La brume s'était estompée ; une inquiétante pénombre lui succédait. Le trio slalomait à tâtons entre les arbres.

– Regardez ! La lisière de la forêt !

– Il y a une route… Suivons-la pour aller plus vite !

Une bande de goudron luisant invitait les voyageurs à se laisser conduire. Les trois chevaux posèrent le sabot dessus et se sentirent gagnés par une irrésistible vitesse. Jamais ils n'avaient galopé à plus folle allure, même pour échapper à la guerre.

— Youhou ! En avant, toute ! On fonce !

— Hé, foncez doucement ! s'écria l'un d'eux. On n'a même pas de phares !

À peine avait-il prononcé ces mots, que le plus prudent des trois chevaux vit ses frères catapultés au-dessus de la chaussée. Il n'eut pas le temps de comprendre d'où était sortie la trombe qui les avait percutés si brutalement, mais il vit un, deux, trois projectiles tournoyer dans les airs et retomber en mille morceaux sur la route. Il s'approcha tout tremblant du tas de débris dont émergeaient une demi-oreille et une croupe défoncée, ainsi qu'un drôle d'objet rond, lisse et noir, qui tournait, tournait, tournait…

— Un manège ! s'écria-t-il.

— Où est-ce qu'il voit un manège, cet animal ? Je suis une roue.

— Une roue ?

— Parfaitement, une roue de deux chevaux.

— Depuis quand les chevaux ont des roues ?

— Oh là là ! Mais d'où il sort, celui-là ? Vous ne connaissez rien à la vie !

— Pitié ! Pitié ! Tirez-nous de là…

Du tas de débris provenaient deux faibles voix. Le cheval de bois dut interrompre sa conversation avec la roue pour extraire ses frères, bien endommagés par le choc. L'un avait perdu l'oreille gauche ; la queue de l'autre avait été pulvérisée dans la chute. Quant à leurs huit pattes, elles avaient volé en éclats et gisaient éparpillées sur le sol.

– Qu'allons-nous faire ? gémirent les deux chevaux estropiés. Nous voilà culs-de-jatte.

Ils essayèrent de se traîner sur le ventre, mais chaque centimètre parcouru leur rabotait horriblement la panse. À ce train-là, ils seraient rapidement réduits en sciure !

– Écoutez, j'ai une idée !

La grosse roue noire continuait à tourner dans le tas de débris.

– Primo, aidez-moi à sortir de ce pétrin !

Le cheval valide et ses deux frères l'extirpèrent avec précaution. À peine libérée, celle-ci rebondit deux, trois fois, et se mit à filer sur la route. Hop ! Perdue de vue…

– Quelle ingratitude !

– Ne vous en faites pas, elle va revenir… Elle a simplement besoin de se dégourdir un peu les jantes.

De l'autre côté du tas de débris apparut une deuxième roue, absolument identique à la première.

– Bonjour ! On peut dire que notre rencontre a été fracassante. Je suis la sœur de la roue motrice. Elle va revenir, je vous dis… Je la connais, depuis le temps qu'on bourlingue ensemble !

– Ah ! Enchanté. Voici mes deux frères, et moi. Tous les trois chevaux de bois !

– Vous êtes trois ! C'est épatant ! Moi qui n'ai jamais connu que des deux chevaux. Ça va ? Vous m'avez l'air bien secoué.

– C'est que… nous ne pouvons plus marcher !

– Secundo, en voiture !

La roue motrice revenait sur ses traces, plus lentement cette fois-ci. Elle s'arrêta au pied des chevaux invalides.

– Messieurs, voulez-vous nous prendre pour montures ? Nous avons perdu, dans ce malheureux accident, nos deux sœurs, les roues arrière. Et le reste de la deux chevaux me semble en bien piteux état. Comme nous roulions à plus de deux cents à l'heure, je crois que nous sommes un peu en tort. Nous vous devons réparation. Aussi, je renouvelle ma proposition, voulez-vous nous prendre pour montures ?

Les deux frères accidentés se lancèrent un coup d'œil surpris.

– Tu veux dire… tu leur demandes d'être nos cavaliers ? s'étonna sa sœur.

– Si tu veux traduire ça de manière romanesque, oui. Vite messieurs, votre réponse…

À l'unisson, les chevaux éclopés secouèrent leur crinière en signe d'accord : Chta ! Chta ! Chta !

– Alors, en route !

Et c'est ainsi que les deux roues rescapées enlevèrent les chevaux culs-de-jatte, qui adoptèrent avec joie ce nouveau moyen de transport.

– Un modèle révolutionnaire : la deux chevaux sans moteur, sans vapeur, anti-pollution… et attendez qu'on nous greffe un clignotant ! Allez ! Droit chez le docteur Labricole ! Nous revenons dans un instant…

— Mais vous n'allez pas dans la bonne direction… s'exclama le cheval valide, un peu interloqué par la tournure que prenaient les événements. Le Soleil est parti par là !

— Pas de panique, frérot, attends-nous, puisqu'on te dit qu'on revient tout de suite !

Les voix des chevaux à roulettes se perdirent dans un crissement de pneus.

Cette fois, la nuit était tombée. Le cheval de bois leva les yeux vers le ciel. De-ci, de-là, les étoiles s'allumaient. Toutes se ressemblaient, mais il savait qu'elles portaient des noms différents et que l'on pouvait les reconnaître grâce à leur place dans la voûte céleste. Il se mit à refaire en pensée tout le chemin parcouru depuis le matin.

D'abord, le départ du manège où son frère solitaire avait voulu rester. Il le revit agiter sa crinière résolue, en guise de salut. À cette image se superposa aussitôt celles de tous ses autres frères. Leur ressemblance était indéniable et, cependant, selon les étapes de la journée et les lieux où ils s'étaient séparés, il réussit à les identifier. Son frère des montagnes était recouvert d'un pelage givré et il jouait avec le froid sur une luge de neige. Son frère de la guerre, le seul auquel ils n'avaient pas fait leurs adieux, lui apparut vêtu d'une carapace d'argent étincelante ; il lui sembla même qu'il s'agissait d'une statue.

« Il doit avoir gagné la guerre ! » pensa-t-il.

Et il ne se trompait pas de beaucoup.

Son frère de chair, le cheval des bois, devait vivre mille vies merveilleuses, grâce aux histoires inépuisables de la grand-mère. Il les imagina tous deux chevauchant à travers une forêt de contes et de poèmes. Quant à ses deux frères à roulettes, la perte de leurs pattes ne leur avait rien enlevé de ce regard alerte, commun à tous. Au contraire... Ils étaient partis sur les « chapeaux de roues » – tiens, il ne manquerait pas de leur faire cette boutade à leur retour ! –, ils étaient partis en l'abandonnant au bord de la route, lui, leur dernier frère.

Celui-ci ne se doutait pas qu'au même instant les deux chevaux, entraînés par les roues délurées, paradaient dans la ville affublés d'une panoplie de clignotants, de klaxons et autres ustensiles. Sur leur passage, comme sur celui d'un vaisseau spatial, on s'exclamait : « Vive le progrès ! » Le docteur Labricole avait fait de leur attelage le symbole de la réconciliation des époques. Il avait baptisé le cheval gauche et sa roue « Essieu », le cheval droit et sa roue « Turbine », et les avait unis par un système de poulies à traction, qu'il téléguidait de loin à l'aide d'un réseau d'ondes magnétiques...

Le pauvre cheval de bois commençait à trouver le temps long !

« Nous revenons dans un instant », lui avaient certifié ses frères.

Beaucoup d'instants étaient passés depuis. Trop, à son avis.

« Ils ne reviendront plus à présent », se dit-il.

Jusqu'ici, son instinct ne l'avait jamais trompé. Il décida donc de quitter son poste d'attente et de partir vers... Mais vers où ? Le Soleil n'était plus là pour lui indiquer le chemin... Fallait-il retourner au manège ? Était-ce bien sa place ? Chacun de ses frères avait découvert la sienne en cours de route, lui seul n'avait pas encore trouvé où s'arrêter. La formule de son frère du manège lui revint à l'esprit : « Fais ce que tu veux, pourvu que tu sois heureux ! »

« Si seulement je savais ce que je veux ! » soupira-t-il.

À sa gauche et à sa droite, la route s'étendait, lui offrant deux choix aussi incertains. Il alla tout droit, coupant à travers la lande. La Lune ne lui était d'aucune aide. Elle avait pris quelques jours de vacances au soleil, laissant à la nuit la garde de son troupeau d'étoiles.

Sa marche fut longue et inquiète. Il trébuchait sur des pierres qui se mettaient à gémir parce qu'il les avait réveillées. Un vent sournois s'infiltrait dans ses oreilles pour y souffler des mots angoissants. Plusieurs fois, il fut tenté de rebrousser chemin, mais il préféra s'en remettre à l'avenir et au hasard pour le guider. Son courage fut récompensé car, soudain, sur cette étendue de terre hostile, il vit venir à sa rencontre la mer. La mer qui l'invita à embarquer... Le cheval de bois sentit sur son échine une caresse si forte et délicate à la fois qu'il en fut comme enivré. Puis une autre, et encore une. C'étaient les vagues qui le prenaient dans leur farandole éternelle. Il se laissa emporter et dériva longtemps, porté par les courants qui lui présentèrent tous les poissons de l'océan. Il apprit à nager, ses quatre pattes remplaçant avantageusement les nageoires les plus virtuoses. Et puis l'eau se mit à blanchir.

— L'aurore, voilà l'aurore !

Il se fit un grand remous sous les flots : tous les habitants de la mer rentraient se protéger du jour. Épuisé, le cheval de bois s'endormit.

Lorsqu'il rouvrit les yeux, il se sentit gonflé de joie et de santé.

— Bienvenue à bord, Embrun !

Un vieux loup de mer, les yeux plongés sur l'horizon, finissait de lui appliquer sur le corps une huile parfumée.

— Te voilà vernis ! Plus de danger que ta peinture s'écaille. Tu peux dire que tu as de la chance. Si je ne t'avais pas repêché au milieu de toute cette eau, tu n'aurais pas fait long feu, mon vieux… On est quand même mieux sur un bateau quand on veut visiter l'océan, non ? Te voilà chez toi ! Figure de proue du *Goéland*, c'est un titre, ça ! Au fait, ça te plaît comme nom, Embrun ?

Pour toute réponse, Embrun, au comble du bonheur, le front perlé d'écume, hocha la tête trois fois : Chta ! Chta ! Chta !

Et le loup de mer lui confia les rênes – enfin… le gouvernail – du bateau !

— Je vais faire un somme ! Navigue où bon te semble, excepté vers la terre.

Jetant un œil sur les quatre points cardinaux, Embrun croisa le regard du Soleil.

— D'où viens-tu ? lui demanda-t-il.

— De chez Galopin… et j'y retourne illico.

— Galopin ?

— Ton frère du manège. Les enfants l'appellent Galopin.

— Ils sont revenus ?

— Par centaines. Depuis votre départ d'hier, il y a du changement ! Figure-toi que la toupie de Philippe s'est enfuie, pour faire le tour du monde, elle aussi.

– Et qu'est-ce qui se passe au manège ?

– Eh bien, quand Philippe a découvert que vous étiez partis…

– Il s'est fâché ?

– Même pas ! Galopin lui a tout expliqué et lui a proposé de se remettre au travail avec les avions, les soucoupes volantes et la locomotive.

– Quoi ?

– Ce sont vos remplaçants. Mais ne t'inquiète pas, les enfants refusent d'en entendre parler. Ils n'ont d'yeux que pour Galopin, et tous veulent monter le dernier cheval de bois. Il est assailli, jour et nuit, et le manège tourne sans cesse…

– Et dis-moi, mes autres frères ?

Trop tard ! Le Soleil avait déjà disparu en lançant son « à demain » quotidien.

Embrun mit le cap sur la Lune, tout juste revenue de vacances. Et, songeant au manège, il se promit un jour d'aller y faire un tour…

Biographies

Un cheval pour la vie

de Didier Langlois
illustré par Emmanuel Cerisier

Didier Langlois

Chargé de cours dans les universités lyonnaises, il partage son temps entre l'enseignement et l'écriture. Après une incursion dans le multimédia où il conçoit le CD-Rom *Madame Bovary*, il revient à l'écriture de nouvelles avec un recueil intitulé *Les chevaux de Lagoda* (Agandid éditeur). Il voue une passion à Gustave Flaubert.

Emmanuel Cerisier

Il illustre des romans pour enfants ainsi que des albums documentaires en tout genre : des Esquimaux aux avions en passant par les engins de chantiers et les Gaulois. Lorsqu'il a un peu de temps, il s'exerce à d'autres techniques en réalisant des carnets de voyage.

Biographies

Cheval de feu

de Barbara Castello et Pascal Deloche
illustré par Dominique Rousseau

Barbara Castello et Pascal Deloche

Globe-trotters des mots et des images, ils parcourent le monde depuis plus de quinze ans et publient leurs reportages en France et en Europe. Journaliste pour la première, reporter pour le second, ils écrivent à quatre mains la plupart de leurs textes. Pascal Deloche a créé et écrit la série *Médecins de l'impossible* chez Hachette Jeunesse (Bibliothèque verte).

Dominique Rousseau

Il a étudié le cinéma, joué dans des groupes de jazz et interprété différents rôles au théâtre. Il fait ses débuts dans la bande dessinée en 1978, dans *BD Hebdo* puis *Charlie Mensuel*. Dessinateur de *Condor* chez Dargaud, il collabore régulièrement à la revue *Je Bouquine*. Il anime des ateliers et des stages pour enfants et adultes autour de la BD.

Biographies

Galop dans le noir

de Julie Got
illustré par Marc Bourgne

Julie Got

Après dix ans d'études de lettres, elle plaque l'université et se met à travailler pour les magazines. Auteur, conceptrice de jeux et grande voyageuse dans l'âme, elle collabore aujourd'hui à une dizaine de journaux.

Marc Bourgne

Après avoir enseigné l'histoire et la géographie, il se lance dans la bande dessinée avec *Être libre*, désormais disponible sous le titre *Dernière frontière* aux Éditions Théloma-Carabas. En 1998, les Éditions Dargaud lui confient la reprise de l'une de leurs mythiques séries, *Barbe Rouge*, sur un scénario de Christian Perrissin. Il travaille actuellement sur une série policière intitulée *Frank Lincoln* : les trois premiers tomes sont parus chez Glénat.

Biographies

SOS Humains

de Katherine Quenot
illustré par Jean Trolley

Katherine Quenot

Auteur de romans fantastiques pour adultes, elle a reçu le Grand Prix du Fantastique pour *Le Livre secret des sorcières*. Depuis 1998, elle écrit pour la jeunesse et signe tous les ouvrages de la collection « Les compagnons de la peur » chez Albin Michel. Son deuxième roman d'aventure, *Atlantide, l'empire perdu* est paru chez Disney.

Jean Trolley

Après avoir étudié le piano classique et le jazz, il devient saxophoniste professionnel tout en exerçant divers métiers. À partir de 1980, il se lance dans l'illustration et publie aux éditions Magnard, Atlas, Nathan et Zulma. Il travaille sur de nombreux sujets historiques et collabore régulièrement à la revue *Histoire médiévale* (éditions Harnois). Passionné de cinéma, il a également de nombreux projets de bande dessinée.

Biographies

Arkle

de Viviane Claus
illustré par Bruno Bazile

Viviane Claus

Viviane Claus a toujours été attirée par la littérature. Après des études de lettres, elle enseigne le français dans un lycée professionnel à Vincennes. Sa collaboration pour Z'Azimut marque son entrée en écriture.

Bruno Bazile

Il dessine pour la publicité, la presse enfantine et illustre des romans jusqu'à ce que Dargaud le fasse entrer dans le monde de la bande dessinée avec la série *Forell et fils* (scénario de Michel Plessix). Son dessin, entre ligne claire et réalisme, est d'une lisibilité frappante.

Biographies

Le dernier cheval de bois

de Stéphanie Tesson
illustré par Patrick Deubelbeiss

Stéphanie Tesson

Passionnée de théâtre, elle a créé et monté plusieurs spectacles pour le jeune public. Elle a également publié quelques poèmes dans *Jouer avec les poètes* (Livre de Poche), et ses écrits pour la jeunesse reflètent son univers poétique.

Patrick Deubelbeiss

Illustrateur et auteur de BD (trois albums chez Casterman aux côtés de Benoît Peeters), il travaille pour des journaux pour enfants et principalement pour les dossiers d'histoire d'*Image Doc*. « Le plaisir de dessiner et le goût de raconter des histoires m'ont naturellement conduit à ce métier qui me permet de plonger dans divers univers où je peux rêver sans discontinuer » explique-t-il. Et il aime entraîner les lecteurs dans les différents univers qu'il recrée…

Composition : TOURNAI GRAPHIC
Achevé d'imprimér en octobre 2004
sur les presses de l'imprimerie Gràficas Muriel (Espagne)
N° d'édition : 92426